焚曲

Playing With Fire

[美] 苔丝·格里森 著

林贤聪 译

天津出版传媒集团

天津人民出版社

图书在版编目（CIP）数据

焚曲 /（美）苔丝·格里森著；林贤聪译. -- 天津：
天津人民出版社，2018.6
　书名原文：PLAYING WITH FIRE
　ISBN 978-7-201-13427-7

Ⅰ.①焚… Ⅱ.①苔… ②林… Ⅲ.①长篇小说—美
国—现代 Ⅳ.① I712.45

中国版本图书馆CIP数据核字（2018）第097794号

著作权合同登记号：图字02-2017-294号

焚曲
FENQU

出　　版	天津人民出版社
出 版 人	黄　沛
地　　址	天津市和平区西康路35号康岳大厦
邮政编码	300051
邮购电话	（022）23332469
网　　址	http://www.tjrmcbs.com
电子邮箱	tjrmcbs@126.com

责任编辑	陈　烨
策划编辑	冀海波
装帧设计	平　平

制版印刷	三河市兴达印务有限公司
经　　销	新华书店
开　　本	880×1230毫米　1/32
印　　张	9.5
字　　数	180千字
版次印次	2018年6月第1版　2018年6月第1次印刷
定　　价	42.80元

致 谢

音乐具有激励、改变我们生活的力量，哪怕穿越了数个世纪亦如此，这一思想也贯穿了《焚曲》一书的核心。

我非常感谢那些将音乐作为礼物带到我生命之中的人：

我的父母让我花费了许多时间练习钢琴和小提琴，他们知道有一天我会感谢他们。我的音乐老师忍受着我那刺耳的练习，无比耐心地指导了我。还有我在缅因州的即兴演奏伙伴，在许多个夜晚，他们容忍了我练习时奏出的难听的曲调。

乐师是这个世界最温暖、最有雅量的人，能成为他们中的一分子是我的幸运。

我要特别地感谢珍妮特·查诺，她激励了整整一代弦乐乐手；还有查克·马科维茨，他和我一样爱胡拉，爱摆弄小提琴；还有海蒂·卡罗德，她是第一个演奏了《Incendio》的人。

我要感谢我的代理人梅格·鲁尔伊对我的坚定支持；感谢我的编辑琳达·马罗（巴兰坦出版社）和莎拉·亚当斯（英国环球出版社）及这两个出版社的出版团队：还有莉比·麦圭尔、莎伦·普洛普生、拉里·芬利和艾莉森·巴罗——和你们一起工作实在是一件快乐的事！

我最感谢的是我的丈夫雅各布，不管我职业生涯或起或落，他一直站在我身边。作为作家的配偶是一件艰难的事，但没有人比他做得更好！

第一章

还只是在门口，我就已闻见了从屋内飘荡而出的旧书味儿，那种混合了泛黄纸张与陈旧皮革的香。在这条由鹅卵石铺就的小道旁林立着许多古董店，都开着空调，大门紧闭，以此来对抗炎热的天气。而我从这些紧闭的店前掠过，最后在这家大门敞开的店前停下，仿佛听见了它在呼唤我。

　　这是我在罗马的最后一个下午，也是购买旅行纪念品的最后的机会。我已经为罗伯买了一条真丝领带，也为我那年仅三岁的女儿莉莉买了一件华丽的荷叶边裙装，但尚未找到任何自己想要的东西。

　　而在这家古董店的窗内，我看到了自己真正想要的东西。

　　踏入其中，屋内是如此的昏暗，以至双眼需要一些时间来适应。虽然店外酷热难当，店内却是出奇的凉爽，仿佛是一个光与热都无法渗透的洞穴。逐渐地，阴影中事物的轮廓开始显现，我看见塞满书籍的架子，老旧的扁皮箱，以及在角落的毫无光泽的中世纪盔甲。

在周围的墙上挂着些油画，都是些色彩过分浮夸的甚至有些丑陋的作品，配有泛黄的价格标签。我没有注意到站在角落的老板，因此，当他突然用意大利语叫我的时候，我被吓了一跳。转过身，在我面前的是一个如"矮人"般矮小，有着两条如毛虫般白色眉毛的男人。

"抱歉，"我回答说，"Non parlo Italiano（原文为意大利语，意为我不会说意大利语）。"

"Violino（意大利语，小提琴）？"他指着我背上的小提琴盒子说。这是非常珍贵的乐器，因此我不能把它留在旅馆房间里。当我旅行的时候，我总是把它带在身边。"Musicista（意大利语，乐手）？"他继续问，并架起姿势，拉着一把并不存在的小提琴，右臂拿着幻想中的琴弓来回摆动着。

"是的，我是乐手。来自美国。今天早上，我还在庆典活动中演奏过。"尽管他在礼貌地点头，但我并不认为他真的明白我说的话。我指着橱窗中我所发现的东西，"我能看看这本书吗？Libro de Musica（意大利语，音乐书）。"

他把手伸进橱窗，拿出这本书，把它递给了我。我一碰它，书页边缘就开始掉纸屑，让我知道了这本书的陈旧。这是本意大利版旧书，在它的封面上写着Gypsy（吉卜赛人），并配有一张图，是一个头发蓬松的正在拉小提琴的男人。

我翻到第一首曲子，这是一首小调，一首并不为人熟知且充满悲伤的曲子。没错，这就是我一直在追寻的东西，古老的而被遗忘的音乐，却又在等待着被人发现。

当我在浏览其他曲子的时候，一张纸从书中掉下来，如羽毛一般飘落到地板上。并不是书的一部分，而是一张稿纸，上面的五线谱被铅笔所写的音符填得满满的——这是一段乐谱，曲名是优雅而狂野的手写体：

Incendio（意大利语，火），编曲：L. 托德斯科。

在阅读这段乐谱的时候，我能听见音符在我脑海中跳动，只读了几个小节，我就确定这是一首优美的华尔兹舞曲。它始于一段简单的E小调，但不久，音符开始急剧增加，并出现了一些不和谐的变音记号。我将曲稿翻到另一面，发现后面的每个小节都用铅笔写得密密麻麻的。一段疾如闪电般的琶音（弦乐演奏的一种技巧）驱动着旋律，使其变成了一段狂乱的音符风暴，不禁使我手臂上的寒毛直立。

我要定它了。

"Quanto costa（意大利语，多少钱）？"我问，"包括这页纸与这本书？"

这位老板看着我，他的眼里透着精明。"Cento（意大利语，一百）。"他拿出一支笔，并在手掌上写了一个数字。

"一百欧元？你肯定是在开玩笑。"

"E'vecchio. Old（意大利语，这是古董）。"

"并没有老到那种程度。"

他耸了耸肩，仿佛在说要么付钱拿东西，要么走人。他已经从我眼中读出了渴望；他知道他可以用这本老旧的乐谱狠狠地敲我一笔，而且我还会乖乖地照付。我对珠宝、时装或鞋子毫无兴趣，音乐是我唯一会为之挥霍钱财的东西，我身上唯一值钱的物件也就是背上的这把拥有百岁高龄的小提琴了。

付完钱之后，他给了我一张收据。然后，我离开了这家小店，走进如糖浆般让人发腻的午后炎夏之中。而在小屋内，我感觉如此清新凉爽。

我回头观察了一下这幢建筑，却没有看见任何空调设备，只有紧闭的窗户和两尊滴水的石像被置于墙上。阳光投射在美杜莎形状的黄铜门环上，反射在我身上。现在，门被关上了，但通过布满灰尘的窗户，我瞥见店老板正在看着我，然后，他放下了窗帘，从我的视线里消失了。

对于我在罗马买来送他的新领带，我的丈夫罗伯显得非常兴奋。他站在我们卧室内的镜子前，熟练地将这条散发着光泽的真丝领带绕在他的脖子上。"也许在我开始检查那些数字的时候，这些色彩会闪闪发光。"他高兴地说道。三十八岁的他还保持着健硕的身材。看上去就跟我们结婚时一样。但十年过去了，岁月已在他太阳穴附近留下了深深的痕迹。

穿着浆过的白衬衫，系上金色的袖扣，我这位波士顿出生的会计师丈夫看上去如此的精明强干。对于他来说，一切都是数字：利润与损失，资产与负债。他用数学术语来诠释世界，甚至他的动作都要精确地按几何结构来进行——他把领带抬起一些，然后交叉打出一个完美的结。

我们是如此不同！我唯一关心的"数学"就是交响乐与作品编号，以及音乐的拍子记号。罗伯告诉每个人我为什么会吸引他，原因就是我不像他，我是一名艺术家，是如同生活在天空中会沐浴着阳光翩翩起舞的生物。我曾担心，我们之间的差异会使我们分道扬镳，罗伯，一位脚踏实地的人，会厌倦他这位生活在天空之中、飘浮于云朵之间的妻子。但在十年之后，我们俩依然如胶似漆，相亲相爱。

他紧了紧领带的结，并在镜子中对我微笑："今天你起来得可真早，朱莉娅。"

"我习惯了罗马时间。现在，那里已经是中午十二点了，时差有些颠倒。我在想，我今天要去做什么事。"

"我猜你已经饿得不行，想要吃午餐了。你想我开车送莉莉去托儿所吗？"

"不，我想要她今天待在家里。整个一星期都没有在她身边，让我深怀歉疚。"

"你不必抱有这种感觉。你姑妈瓦珥来过了，并打理好了所有的事，就像往常一样。"

"好吧，我想莉莉想疯了，今天的每一分钟我都想和她在一起。"

罗伯转过身来，向我展示他的新领带，它服帖地待在他的衣领中央，看上去完美无缺："有什么安排吗？"

"天气太热了，我想我们会去游泳。也可能会去图书馆，找些新书看。"

"听起来像是个计划。"他弯腰亲吻了我，刮得干干净净的脸上有着柑橘的香味，"真讨厌你离开的时候，宝贝。"他低语道，"可能下一次，我会有一个星期的假，我们可以待在一起。这样不是很好吗——"

"妈妈，看！看上去好漂亮！"我三岁的女儿莉莉蹦跳着进入卧室，穿着我在罗马给她买的新裙子，旋转着身体向我展示着——这裙子昨晚她就试穿过，而现在她已经不愿脱下了。她像导弹一样猛扑到我的怀里，我们俩一起倒在了床上，开心地笑着。

没有比我的孩子更香甜的味道了，我想要把她每个细胞都吸入，将她重新变成我身体的一部分，这样我们就能再次成为一体了。在我抱着这个身着紫色荷叶边裙的金发女孩笑成一团的时候，罗伯也扑到了床上，用他的双臂抱着我们。

"这两位是世界上最漂亮的女孩，"他宣布，"而她们全是我的，都是我的！"

"爸爸，待在家里。"莉莉命令说。

"我也希望如此，甜心。"罗伯在莉莉头上狠狠地吻了一下，发出了不小的声音，然后不情愿地站了起来，"爸爸必须要工作，但你不还是一个非常幸运的女孩吗？你可以一整天都和妈妈待在一起。"

"我们去把泳衣穿上，"我对莉莉说，"我们会有一段快乐的时光，就你和我。"

而我们也的确度过了一段快乐时光。我们在社区泳池里玩得水花飞溅。我们吃了芝士比萨、冰激凌作为午餐，之后又去了图书馆，在那里，莉莉为自己挑选了两本以驴子作为主角的新书，驴子是她最喜欢的动物。而到下午三点我们回到家的时候，我几乎已经筋疲力尽、昏昏欲睡。正如罗伯所说的，时差不饶人，我已经什么都不想做了，只想趴在床上睡个囫囵觉。

然而，不幸的是，莉莉依旧精神饱满，她将放她婴儿衣服的旧盒子拉出来并放到钢琴上，盒子里睡着我们的猫朱尼珀。莉莉非常喜欢打扮朱尼珀，而现在她已经把一个软帽戴在猫头上，正在把猫爪子往袖套里放。我们可爱的老猫一如既往地忍受着，对蕾丝与花边的侮辱毫不在乎。

当朱尼珀穿好时装后，我取出小提琴，将乐谱架放在钢琴上，然后打开了那本名为 *Gypsy* 的书。再一次，那张记着乐谱的纸片掉下来，正面朝上落在我的脚上——"Incendio"。

自从我在罗马买了这本书后，我还是第二次看见这张乐谱。我把这张纸别在架子上，同时想起了那家阴暗的古董店，还有它的老板，一位仿佛潜伏在山洞暗处生存的生物一般的人。我的皮肤上突然起了鸡皮疙瘩，仿佛那家商店的寒冷依然附着在这首乐曲上。

我拿起我的小提琴开始演奏。

在这个潮湿的午后，我的乐器听起来比以往更加深沉，更富于感情，声音也更加圆润。这首华尔兹的前三十二小节如同我想象中的那样优美，仿佛一位悲伤的男中音所唱的挽歌。但接着，音符开始加速，旋律开始变得扭曲，好像受到了突如其来的震动。

我的脸上一下子冒出了许多汗，我挣扎着继续演奏，尝试维持拍子的速度。我感到我的琴弓仿佛有生命一般，着了魔似的自己在动，而我只是在挣扎着握着不放。哇，这是一首多么棒的乐曲呀！

多么好的作品，如果我能掌握它就好了。音符的数量实在有些多。突然间，我失去了对一切的控制，所有的声音都开始走调，而我的左手也因为这首曲子而处于无法控制的状态。

一只小手抱住我的脚，把一种温润的液体涂在了我的皮肤上。

我停止演奏，向下看去。莉莉正紧盯着我，她的眼睛如同蓝绿色的水一般清澈。我发现她的手中握着园艺工具——一把耙子，上面满是血迹，这把我吓了一跳，她清澈的双眼看上去却毫无涟漪。院子的石板上留下了她的小脚丫经过的印迹。一种恐惧感油然而生，我顺着这些脚印找到血迹的来源。

而血迹的来源，使我发出了一声尖叫。

第二章

罗伯帮我一起清洗了院子里猫的血迹。可怜的老朱尼珀现在被装进了黑色的垃圾袋中，等待着被掩埋。我们在距离院子中央较远的角落里为它挖了一个洞作为它的坟墓，就在丁香花丛旁，这样当我进入花园的时候就能看到它。

朱尼珀已经十八岁了，双眼几乎完全失明。它是一个如此温顺的伙伴，应该拥有一个更好的结局，而不是被装进这样的垃圾袋中。但我的状态实在太糟糕了，以至于一下子想不出任何其他的方法。

"我敢肯定这只是一个意外。"罗伯坚持说。他把肮脏的海绵扔到桶里，桶中的水马上如魔法般地变成了令人恶心的粉红色，"莉莉肯定被绊倒了，然后压在了猫身上。还好，她没有倒在什么尖锐的东西上，不然她可能会失去她的双眼，或者更糟。"

"是我把它装进垃圾袋的。我看过它的尸体，那不是一次就能制造出来的伤口——她怎么可能会绊倒三次呢？"

他忽视了我的问题，没有回答，而是拿起了凶器，一个耙子，问："她是怎么拿到这东西的呢？"

"上周我在这里除过草。我肯定忘记把它放回工具棚了。"耙子上还留有血迹，我转过脸不愿再看，"罗伯，莉莉所做的一切没有让你不安吗？她刺死了朱尼珀，然后几分钟之后，她又向我要果汁。这让我有些紧张害怕，她对于她所做的一切太过平静了。"

"她还太小，不知道自己做了什么。一个三岁的小孩并不懂得死亡的意义。"

"但她肯定知道自己伤害了朱尼珀。朱尼珀肯定会发出惨叫。"

"那你听到了吗？"

"我正在拉小提琴，就在这里。莉莉和朱尼珀就在院子的尽头。她们俩看上去完全没有问题，直到……"

"可能朱尼珀吓到了莉莉，又或者可能做了某些会激怒莉莉的事。"

"去楼上看一下她的手臂吧，上面一点儿伤痕都没有。而你也应该了解那只猫的。哪怕你猛拉它的尾巴，踩它的尾巴，它都不会去抓你。当它还是只小猫的时候我就开始养它了，却让它这样死去……"

我的声音有些沙哑，瘫坐在院子内的椅子上，悲痛之感如波涛一样袭来，让我有些筋疲力尽。我有一种深深的罪恶感，因为我没能保护好我的老朋友，放任它离死亡咫尺之近。罗伯笨拙地拍着我的肩膀，不知道如何安慰我。我这位头脑精明的丈夫面对妻子的眼泪一筹莫展。

"嘿，嘿，宝贝。"他低声说，"我们去找一只新的小猫来养如何？"

"你这话肯定不是认真的吧，想想我们女儿刚对朱尼珀做了什么？"

"好吧，这主意的确有些蠢。但，朱莉娅，别责怪她了。我敢打赌，她肯定和我们一样相信朱尼珀。她只是不知道发生了什么事。"

"妈妈？"莉莉的哭声从她的卧室里传出来，之前她打盹我就把她放在了那里，"妈妈！"

尽管她叫的是我，却是罗伯把她从床上抱了起来，他把莉莉放在膝盖上摇晃着，就像在坐摇椅一样，如同我曾做的一样。我看着他们，想起了莉莉还是婴儿时候的夜晚，我把她放在摇椅上，我们俩连续数小时依偎在一起，她可爱的脸颊贴在我的胸口。神奇的是，当在夜晚只有我和莉莉的时候，我睡意全无。我会盯着她的眼睛，对她耳语："记住，要永远地记住妈妈是多么爱你。"

"猫咪走了。"莉莉在罗伯的怀里哭泣着说。

"是的，亲爱的。"罗伯低声说，"猫咪去天堂了。"

"你认为对于这个三岁的小孩来说，这行为正常吗？"一周之后，在去给莉莉做例行检查的时候，我问儿科医生。医生并没有立刻回答我的问题。他按压检查莉莉的腹部时，她发出了"咯咯"的笑声。

谢里医生看上去像个真诚的小孩，而莉莉则对他报以迷人的微笑。莉莉顺从地摆动着脑袋，好让医生能顺利地检查她的耳膜，然后又张开了嘴，让医生把压舌器放进去。我可爱的女儿已经明白了如何让每个见到她的陌生人喜欢上她。

检查结束后，医生直视着我，说："不用过于担心她有过激的行为。在这个年龄段，当小孩无法完全地表达他们自己的时候很容易受挫。而你也说了，她现在也只会说三四句话。"

"这是我应该担心的吗？她不像其他小孩那么会说话。"

"不，不。孩子们的发育存在着各种各样的情况，发育并不是毫无差异的。而莉莉各方面的成长情况都在预期之内。她的身高、体重及运动性都完全正常。"他把躺在检查床上的莉莉扶坐起来，并给了她一个大大的笑脸。"多么棒的小女孩！我真希望我所有的患者都能这样合作。你可以看到她有多么的专心，注意力有多么的集中。"

"但在她对我们家的猫做了那种事后，这是否意味着她可能有些不正常，在她处于……"我停了下来，意识到莉莉正在看着我，在听着我说的每一句话。

"安斯德尔太太。"医生平静地说，"为什么你不带莉莉去我们的游戏室呢？我们应该单独讨论这件事，在我的办公室里。"

当然，他是对的。我聪明、细心的女儿可能比我想象的更加明白我所说的话。我按医生的要求，把她从检查室带到了患儿玩乐区域。在游戏室，满地都是玩具，都是些色彩鲜艳的玩意儿，没有尖锐的棱角，也没有小到让小孩儿能一口吞下去的玩具部件。在地板上，跪着一个和莉莉年纪相仿的小男孩儿，在地毯上推着一辆玩具卡车，嘴里模仿着引擎的声音。

我把莉莉放下，她的头径直转向了一张小桌子，这些尺寸适合小孩儿使用的桌子上面放着塑料茶杯和茶壶。她拿起茶壶，倒着不存在的茶水。她是怎么知道这些的呢？我从来没有举办过茶会，但是总的来说，我的女儿正在做着女孩儿一直都会做的事，正如那个推着卡车，嘴上发出"嗡嗡"声的小男孩儿一样。

当我踏入谢里医生的办公室的时候，他正坐在桌子后面。透过观察窗，我们可以看见隔壁的两个小孩儿。观察窗是一面单向镜，因此他们并不能看到我们。他们两个各玩各的，一个处于男孩世界，一个处于女孩世界。

"我想你可能对这事件解读过度了。"他说。

"她才三岁，却杀死了我们的家庭宠物。"

"在这事发生之前，有什么前兆吗？有任何她尝试伤害猫的信号吗？"

"完全没有。我在结婚之前就养着朱尼珀了，因此莉莉生下来之后就认识这只猫。她一直都非常温柔地对待我们的猫。"

"是否有什么事导致了这些攻击？她是否生气了？或者有什么事让她产生了挫折感？"

"没有，她看上去非常满足。在我练习小提琴的时候，我让她们去玩了一会儿，她们在一起非常和谐。"

医生关注到最后的细节，说："我想，演奏小提琴时需要注意力高度集中吧。"

"当时我在尝试新的曲子。是的，我当时注意力非常集中。"

"也许我们可以这样解释。你在忙着你自己的事，而她想获得你的关注。"

"通过刺我们的猫？"我露出难以置信的笑，"这种方法也太极端了。"透过观察窗，我看着金发碧眼的女儿，她正专注于她幻想中的茶会。

接着，我对医生说："我曾在网上读过一篇文章，是有关小孩伤害动物的。文章说这是一个非常糟糕的信号，可能意味着这个小孩有着严重的情绪问题。"

"相信我，安斯德尔太太。"他面带笑容地对我说，"莉莉不会成长为连环杀手的。但如果她以后频繁地伤害动物，或你们家族有暴力史，那么情况不容乐观。"

我无话可说，我的沉默使他眉头紧锁。

"你还有什么事情想对我说的吗？"他平静地问道。

我做了一个深呼吸："我们家族史上，的确有过精神方面的疾病。"

"丈夫那边还是你这边？"

"我这边。"

"在莉莉的医疗记录上，我并不记得看过相关的内容。"

"因为我从来没有提起过。我之前从来没有想过这种东西会在家族中遗传下来。"

"能给我说一下吗？比如……"

我费了些神去回答，因为我既想要真诚地对他，又不想告诉他过多的事情。透过观察窗，我看见了游戏室里我那美丽的女儿。"这事发生在我弟弟出生后不久。那时我只有两岁，因此我并不记得什么事情。我是几年后从姑妈那里了解到相关的事的。他们告诉我，说我的母亲精神出现了崩溃。因此他们把我的母亲送到了一个机构，因为他们感觉，她对他们来说有威胁。"

"从精神崩溃的时间来看，感觉像是产后抑郁或产后精神病。"

"是的，我听到的也是这种病。好几名精神科医师对我母亲进行了评估，并得出结论，认为她心智上存在着问题，无法对所做过的事负责。"

"发生了什么事？"

"我的弟弟……就是那个还是婴儿的弟弟……"我的音量降到如耳语一般的程度，"她把他摔死了。他们说那时候我的母亲有妄想症，会幻听。"

"我很抱歉，对你的家族来说，这肯定是非常痛苦的事。"

"我无法想象对父亲来说这有多么糟糕，失去了一个孩子，而妻子也被送走了。"

"你说你母亲被送到了一个机构，那她有恢复过来吗？"

"不。她在两年之后就死了，死于阑尾穿孔。我对她根本没有什么印象，但现在我无时无刻不想起她。因为如果莉莉，如果莉莉对我们的猫做了什么的话……"

现在，医生明白我为什么那么担心了。他叹了口气，摘下了眼镜，说："我向你保证，这两者之间并没有关联。暴力基因的遗传并不像莉莉继承你的金发碧眼那么简单。据我所知，只有极少数的案例显示了这种家族遗传性。举例来说，在荷兰有一个家族，其家族的每一位男性几乎都犯罪入狱了。我们知道，有些男性基因中是带有两个 Y 染色体的，而这可能增加了他们犯罪的概率。"

"这种事对女孩来说也一样吗？"

"当然，女孩也有可能变成暴徒。但这是基因在作祟吗？"他说着摇了摇头，"我想并没有证据证明这一点。"

证据。这话听起来有些像是罗伯所说的，罗伯总是引用数字来佐证。男人们总是非常信任数字。但为什么这无法让我安心呢？

"放松点，安斯德尔太太。"谢里医生的手越过桌子，拍了拍我的手，"在三岁这个时段，你的女儿很正常。她很可爱，富于情感，你也说了她之前从来没有做过这样的事。你并没有什么需要担心的。"

当我把车开到我姑妈瓦珥家车道上的时候，莉莉已经在座位上睡着了。这也是她平常会小睡的时间，她睡得如此深沉，以至于我把她从座位上抱出来她也没有醒。哪怕是在她睡着的时候，她也依然抓着她的毛驴布偶，上面沾满了口水，可能滋生了许多让人恶心的细菌。可怜的毛驴布偶身上满是补丁，而这些补丁都是我用粗糙的针脚缝上的，它仿佛正在变成一只科学怪人弗兰肯斯坦所创造的动物。现在，我又在上面看到了新的裂缝，布偶中的填充物正从当中露出来。

"哦，看看她多么可爱呀。"在我抱着莉莉进屋的时候，瓦珥轻声说，"看起来就像小天使。"

"我能把她放在你床上吗？"

"当然。不过要把门开着，这样她醒了我们就能知道。"

我把莉莉抱到了瓦珥的卧室，轻轻地把她放在了羽绒被上。我看了她一会儿，就如同平时一样，我喜欢看她睡觉，如同着了魔一般喜欢。我轻轻地靠近她，闻着她身上的气味，感受着她粉红的脸颊所散发出的热量。在睡梦中，她呼了一口气，喃喃地叫着"妈妈"，一个总能让她欢笑的词语。在怀上莉莉之前，我曾数次尝试过怀孕，但都失败了，在那段时间里，每当我听到这个词时总是感觉心都要碎了。

"我的宝贝。"我在她耳边低语道。

当我回到客厅，瓦珥问："那么，关于莉莉，谢里医生说了些什么？"

"他说没什么可担心的。"

"和我以前告诉你的没关系吧？小孩儿和宠物并不能混为一谈。你还记得不，在你两岁的时候，你总是纠缠我的老狗。最终它轻轻地咬了你一下，而你马上扇了它一个巴掌。我想这就是莉莉和朱尼珀之间发生的事。有时候，小孩儿会不假思索就做反应，也不知道会带来什么样的后果。"

我透过窗户看了看外面的花园，一个小伊甸园，种满了番茄与香草，还有黄瓜，藤条不规则地爬在架子上。我已故的父亲也喜欢栽培植物，他还喜欢烹饪、背诵诗歌，他也喜欢唱歌，但总是走调，就像他的妹妹瓦珥一样。对比他俩童年时的照片，两个人长得也非常相像，又瘦又黑，都剪着短短的头发。

父亲有很多照片都是在瓦珥的家中照的，以至于每次拜访姑妈我都会感觉心脏特别难受。而我现在所面对的这面墙上就挂着几张我父亲的照片，其中一张是十岁的他正在钓鱼，一张是十二岁的他和他的业余无线电装置，还有一张是十八岁的他穿着制服所拍的毕业照。他总是那么热情洋溢，脸上带着开朗的微笑。

书架上也放着他的照片，这是他和母亲的合照，是他们带着刚出生的我首次回家的照片。这是瓦珥唯一允许放在她家中的有关母亲的照片。她之所以留下这张照片仅仅是因为我也在这张照片之中。

我站起来审视这张照片中众人的脸："我看起来和她真像，之前我从来没有意识到这一点。"

"是啊，你和她长得很像，和她一样漂亮。不管什么时候，只要卡米拉进到这屋子里来，所有人的目光都会转向她。你爸则眼里只有她，一心一意地爱着她。"

"你以前很恨她吗？"

"恨她？"瓦珥想了一下说，"不，我不这么认为。当然了，一开始的时候肯定不会恨她。就像其他曾经见过她的人一样，我也完全被卡米拉的魅力迷住了。我之前完全没有见过像她这样的女人。美丽、聪慧、天才。呃，还有那极棒的时尚感。"

我遗憾地笑了笑："我肯定完全没有继承下来。"

"哦，亲爱的。你把父母最棒的东西都继承下来了。你拥有卡米拉的美貌和音乐天赋，你还有你爸容忍的心。你是麦克生命中最棒的存在。我只是感觉很难受，因为在你来到这个世界之前，麦克必须要先爱上你母亲。但该死的，所有其他人都爱上了她。她有一种独特的可以吸引你爱上她的力量。"

我想起了我的女儿，她非常容易地就让谢里医生迷上了她。仅仅三岁，她就已经知道如何让每个见到她的人喜欢上她。我从来没有这种天赋，但莉莉却是与生俱来的。

我把父母的照片放回架子上，转向瓦珥："在弟弟身上到底发生了什么？"

我的问题让她变得有些僵硬，目光移向了别处。明显地，她并不想谈起这些事情。我知道这故事并不那么简单，有一些黑暗的、让人不安的东西在里面，从没人告知我，而直到现在我也躲避着这些重要的东西。

"瓦珥？"我问。

"你知道发生过什么。"她说，"在我感觉你年纪足够大的时候，我就已经告诉过你了。"

"但你没有告诉我细节。"

"没有人想知道它的细节。"

"现在，我需要知道。"我瞥了一眼女儿所在的卧室，可爱的女儿正在睡觉，"我需要知道，如果莉莉与卡米拉有任何相似之处……"

"别这样，朱莉娅。如果你认为莉莉与卡米拉有任何相似之处，那你肯定是想错方向了。"

"这些年来，对于弟弟的事，我只听到一些只言片语。但我一直认为故事并没有那么简单，只是你们不想告诉我。"

"就算告诉你整个事件，也不会对这个事件有什么帮助。尽管它已经过去三十年了，我依然不明白她为什么这么做。"

"她到底做了什么？"

瓦珥想了一下才回答这个问题："在这事发生之后——当最终出庭的时候——精神科医师将它称为产后抑郁症。你父亲也相信这一点。他并不想接受这一切，当他们没有把你母亲送到监狱的时候，他松了一口气。对于你母亲来说这是幸运的，她只是被送到了一家医院。"

"为什么他们让她死于阑尾炎。我并不认为这听起来是幸运的。"

瓦珥的目光依然在躲避着我。我们之间的沉默气氛变得越加浓厚，仿佛如果我没有现在就去打破的话这可能会变成一堵墙。"你还有什么没有告诉我的吗？"我平静地问道。

"抱歉，朱莉娅。你是对的，我并没有完全地诚实。至少，在那件事上我没有。"

"在哪件事上？"

"你母亲的死因。"

"我之前认为是阑尾穿孔。你和我爸一直是这样对我说的，是发生在她被送到医院两年之后。"

"的确是在两年之后，但不是阑尾穿孔。"瓦珥叹气说，"我本不想告诉你这些，但你说你想知道真相——你母亲是死于宫外孕。"

"怀孕？但她是被关在精神病院里呀！"

"完全正确。卡米拉从来没有说过孩子的父亲是谁，而我们也没有查出来。在她死后，当人们清理她房间的时候，他们发现了各种各样的违禁品，酒、化妆品、昂贵的珠宝。我认为，毫无疑问，她为了获得想要的东西和别人做了交易，而且是欣然接受的——她一直是操纵他人的大师。"

"她是罪人，而且还有精神疾病。"

"是的，这是精神科医师在法庭上所说的。但我现在要告诉你，卡米拉并不抑郁，她并不是精神病人。她只是无聊，充满怨恨。在喂养你弟弟的时候，你弟弟总是腹痛得厉害，所以啼哭不止。而她一直想要成为人们关注的焦点，她习惯让男人们为她而争斗，竞相取悦她。卡米拉是所谓的'黄金女郎'，习惯于我行我素。但她结婚了，被两个孩子缠住了，这不是她想要的。"

"在法庭上，她宣称自己并不记得做过些什么，但邻居看见了案发经过。那邻居看见卡米拉走出阳台，抱着你的弟弟，故意把他从二楼扔了下去。他才三周大呀，朱莉娅，一个拥有蓝色眼睛的漂亮男婴，就像你一样。还好，那天是我在照看你。"瓦珥做了个深呼吸，看着我，"不然你可能也会死掉。"

一

第三章

窗外正在下着雨，雨滴拍打着厨房的窗户，在上面留下了水迹。此时此刻，我和莉莉正在用燕麦和葡萄干做曲奇饼干，这是她明天参加幼儿园聚会时会用到的。在这个时代，好像每个孩子都可能会对鸡蛋或面筋或坚果过敏，因此，做曲奇饼干看上去是一件非常有风险的事儿，我现在的所作所为就好像在为那些可爱的宝贝们制作毒饼干一样。

　　其他的母亲们可能会准备一些健康小吃，比如，切片水果和生萝卜。但我将黄油、鸡蛋、面粉、糖这些东西混合成了一个生面团，然后再由我和莉莉捏成许多小块放在烤盘上。当这些热气腾腾的曲奇饼干从烤箱中被取出时，整个房间都充满了芳香。我拿了两块到客厅，并配上了一杯苹果汁，放在莉莉面前作为她的午后小吃。美味极了，但是有好多糖，我真是个糟糕的母亲。

在她开心地大口吃着曲奇饼干的时候，我坐在了乐谱架前。因为意外事件，我已经好几天没有碰我的乐器了，我需要为我们四重奏乐团的下次排演先练习一下。我的小提琴像老朋友一样躺在我的肩膀上，当我拉动琴弓时，这木头发出了如巧克力般圆润的声音，仿佛在寻求某样缓慢的、甜蜜的、能让身心温暖的东西。

按原计划，我是准备练习肖斯塔科维奇的曲子的，这是乐团安排的曲子，但我没有管它，而是把"Incendio"的谱子放在了架子上。在过去一周内，我的脑海里满是这首华尔兹的片段，在今天早上醒来时，我是如此渴望再次听这首曲子，我想要再次确认记忆中它的美妙之处。

没错，它是美妙的。忧伤的声音从我的小提琴中流出，唱颂着破碎的心与失落的爱，这声音仿佛来自黑暗的森林和幽深的山谷。接着，忧伤突然转为躁动。基础的旋律并没有变，但音符变得更加快了，一下子提到了E弦，在这里汇成了一段琶音。随着这疯狂的节奏，我的脉搏也开始加快。我挣扎着想要维持拍子，但我的手指互相碰撞，乱成一团。我的手臂痛得厉害。

突然间，我所奏的音符开始走调，小提琴发出了抗议声并以超出常规的频率振动着，像马上就要爆裂一样。但我依然挣扎着继续演奏，与我的小提琴战斗着，希望它能向我屈服。但杂声变得更大了，旋律突然上升，变成了尖叫。

但我听到的尖叫声是由自己发出的。

我痛苦地喘息着，低头看大腿，一块闪闪发光的玻璃碎片如匕首般插在肉里。透过自己的呜咽声，我听见某种由两个词所形成的吟唱声，一遍一遍机械无波动的重复着，我几乎没有意识到它。直到看见女儿双唇的蠕动，我才认识到这是她在说话。她用蓝色的双眼——一双平静而又神秘的双眼——凝视着我。

我做了三次深呼吸来给自己打气，抓住了玻璃碎片。在拔出的一瞬间，我哭了。新鲜的血液顺着大腿流下，如同一条猩红的缎带——这是昏迷前我所看到的最后景象。

在止痛药的作用下，我感到有些迷迷糊糊，但我能听见丈夫正和瓦珥在急诊室帘布的另一边交谈。因为他是跑着来到医院的，因此说话有些上气不接下气。瓦珥正在试图让他冷静下来。

"她没事的，罗伯。她只是缝了几针，打了破伤风疫苗。在她晕倒的时候撞到了咖啡桌，因此头上有个包。但在她醒后，她就打电话叫我帮她了。我马上就开车去了你们家，并把她带到了这里。"

"没有其他要紧的问题吗？你确定她只是晕倒吗？"

"如果你看到地上的血迹，你应该会明白她为什么会摔倒。真的是可怕的伤口，她伤得挺严重的。但急诊室医生说这伤口很干净，应该不会有感染的问题。"

"我现在能带她回家吗？"

"是的，是的，除了……"

"什么？"

瓦珥的音量突然降到了低语的程度："我很担心她。在开车来的时候，她对我说……"

"妈妈——"我听到莉莉的啜泣声，"我想要妈妈！"

"嘘，妈妈正在休息，亲爱的。我们必须要安静一点儿。不，莉莉，待在这里。莉莉，别！"

帘布被猛地拉开了，天使般的女儿正站在那里，想要接近我。但我害怕地退缩了，畏惧与她触碰。"瓦珥！"我叫道，"请把她抱走。"

我的姑妈忙将莉莉揽到了怀里："她今晚跟着我怎么样？嘿，莉莉，晚上你会在我家过夜。是不是很有趣？"

莉莉依然对我伸着手，祈求着拥抱，但我避开了。我害怕看着她，害怕她那诡异的蓝色眼睛。在瓦珥把我女儿抱出房间后，我依然侧着身子一动不动。我的身子仿佛被厚重的冰块包围着，我甚至不认为自己能从中解脱。罗伯站在一旁，抚摸着我的头发，但毫无作用，我甚至无法感受到他的触摸。

"我为什么不现在把你带回家呢？"他说，"我们可以叫份比萨饼，享受一个安静的夜晚，就我们俩人。"

"朱尼珀的死并不是意外。"我嘀咕说。

"什么？"

"她攻击了朱尼珀，罗伯。她是有意识这样做的。"

罗伯的手停在了我的头上："也许在你看来是这样的，但她只有三岁。她还太小，不明白自己所做的事。"

"她拿了块玻璃碎片，她扎了我。"

"她是怎么拿到碎片的？"

"今天晚上，我打碎了一个花瓶，然后把碎片扔到了垃圾箱。她肯定翻了垃圾袋找到了它们。"

"但你并没有看见她这么做。"

"为什么你的话听起来像是在责怪我？"

"我只是，我只是在尝试理解这件事是怎么发生的。"

"我已经告诉你发生了什么事。她是有意识这样做的。她也是这样告诉我的。"

"她说了什么？"

"两个词，一遍又一遍，像是吟唱——'伤害妈妈'。"

罗伯仿佛在看一个疯婆子一样看着我，好像我会突然从床上跳起来袭击他，因为不会有正常的女人会害怕她三岁的孩子。他摇了摇头，不知道该如何解释我刚才所描述的内容。就算是罗伯也无法得到这个特别方程式的解。

"她为什么要这么做？"他最终说，"就在刚才，她还哭着想要你，想要抱你。她爱你。"

"我不知道。"

"在她受伤的时候，在她生病的时候，她会呼唤谁的名字？一直都是你，你就是她宇宙的中心。"

"她听到我惨叫了，她看到我流血了，但她对此毫无反应。我看了她的眼睛，我并没有从中看到爱。"

罗伯无法隐藏他的不信任，因为一切就写在他脸上，就像霓虹灯那样明显。我干脆和他说莉莉的毒牙已经萌发了。

"你为什么不在这里先休息一下呢？我马上去和护士谈谈，看什么时候能把你带回家。"

他走出房间，而我则闭上了眼睛，感到筋疲力尽。止痛药让我的脑袋昏昏沉沉，使我只想深深地睡一觉，但急诊室里有太多的电话在响，有太多的人在聊天。我听见轮床滑过走廊发出的"吱吱"声，在一个稍远的房间中婴儿的啼哭声，根据声音，可以听出是一个非常小的婴儿。

我记得在莉莉只有两个月大的时候，有过一次发烧，那天晚上我带着她来医院，同样也是这个急诊室。我记得她身体非常烫，脸颊通红。她非常安静，真的非常安静，安静地躺在体检台上。当时她并没有哭，因此我十分担心。我突然渴望那个婴儿——那个我记忆中的莉莉。闭上双眼，我能闻到她的发香，感受到我的嘴唇亲吻在她额头的触感。

"安斯德尔太太？"一声呼唤声响起。

我睁开双眼，看见一位面色苍白的年轻男子站在我的轮床边，戴着镶边眼镜，穿着白大褂，身上的胸牌显示着"艾森伯格医生"，但他看上去很年轻，似乎并不足以担任医生一职。事实上，他看上去连高中毕业的年纪都不够。

"我刚和你丈夫谈过了。他说我应该和你聊聊，关于你今天所发生的事。"

"我已经告诉其他医生了，不过我忘了他的名字。"

"那是急诊室医生，主要是处理你的伤口。我想要和你谈的是你是如何受伤的，以及你为什么会认为这是你女儿做的。"

"你是儿科医生吗？"

"我是精神科医师。"

"儿童精神领域的？"

"不，成人。我明白你现在非常烦乱。"

"我知道了。"我疲倦地笑了笑，"女儿刺了我，因此我是个需要精神科医师的人。"

"这事是如何发生的？她刺了你？"

我把床单扯到一侧，露出大腿，刚被缝合的伤口贴着纱布："我知道这些缝线不是想象出来的。"

"我读过急诊室医生的笔记，好像是说你被严重地割伤了。你额头的瘀青是怎么回事？"

"我晕倒了，看见血我就会头晕，然后我的头撞到了咖啡桌。"

他拖来了一张凳子坐在我旁边，他的长腿及消瘦的脖子使他看起来像一只鹳。

"告诉我有关你女儿莉莉的事。你的丈夫说她只有三岁。"

"是的，刚满三岁。"

"在此之前，她曾做过什么类似的事吗？"

"有另外一个事件，发生在两周之前。"

"那只猫，是的，你丈夫和我说过了。"

"所以你知道我们现在遇到问题了，你知道这并不是第一次发生。"

他歪了歪头，好像将我视为一个奇怪的生物并试图了解我："你是唯一一个她行为的见证者吗？"

他的提问使我提高了警惕。他是否认为重点在于如何去解释？不同的人对于这件事是否有完全不同的理解？他很自然地假设三岁的小孩儿是无辜的。在几周之前，我也绝对不会相信，那个我亲吻拥抱过无数次的女儿——有能伤害别人的能力。

"你并没有见过莉莉，对吧？"我问。

"不，但你的丈夫告诉我你女儿是一个非常快乐而迷人的小女孩儿。"

"是的，每个见到她的人都会认为她非常可爱。"

"那么，当你看到她的时候，你是如何认为的？"

"她是我女儿。当然，我认为她在各方面都很完美。但……"

"但？"

我的喉咙有些堵塞，只能发出轻微的声音："她现在不同了，她正在改变。"

医生什么都没有说，只是在笔记板的纸上潦草地写些什么。笔和纸，多么传统；现在我见到的医生都在笔记本上打字。他的笔迹看起来像是蚂蚁在纸上爬一样。

"告诉我你女儿出生时的情况，当时是否有其他的并发症，或者分娩困难？"

"当初分娩的时候用了很长的时间，八小时，但一切都很好。"

"在生孩子的时候你有什么感觉？"

"你是说，除了筋疲力尽之外的感觉？"

"我是指情绪。当你第一眼看到她的时候，当你第一次用手臂抱起她的时候。"

"你是在问我们之间的关系，对吧？如果我回答我想要她的话。"

医生看着我，等待着我回答我自己的问题。他想知道我是如何理解这些情况的，而我的答案会被视为洛夏测验（Rorschach Test，一种人格测验）的一种结果，我感觉到处都是雷区。如果我答错了的话会如何？我会变成一个坏妈妈？

"安斯德尔太太。"他温柔地说，"这测试没有错误的答案。"

"是的，我想要女儿！"我不假思索地说，"罗伯和我在之前都想要孩子好几年了。而莉莉出生的那一天，则是我生命中最棒的一天。"

"所以你对此非常高兴。"

"当然，我很高兴！还有……"我顿了一下，"一点儿担忧。"

"为什么？"

"因为突然的，我要对这个小家伙负有责任，一个拥有自己灵魂的小家伙，一个我之前不认识的小家伙。"

"当你看着她的时候，你看到了什么？"

"一个美丽的小女孩儿。十个手指，十个脚趾。几乎没有头发。"我怀念地笑着说，"但在每个方面都非常完美。"

"你说过，她是有自己灵魂的，是一个你之前不认识的人。"

"因为新生儿是未成形的，你不知道他们会变成什么样，不知道他们是否会爱你。而你所能做的一切就是等待，看着他们成长。"

他继续在笔记板上潦草地书写着。显然，我说了一些让他感兴趣的话。是那些有关小孩儿和灵魂的看法吗？我并不是虔诚的教徒，并不知道我的嘴里为什么会蹦出这些话。我看着医生，心中越发不安，想知道这折磨何时能结束。局部麻药的效果开始减弱，我的伤口在隐隐作痛。天知道这位精神科医师在写些什么关于我的东西，面对那些刺眼的灯光，我只想快点逃离。

"你认为莉莉有什么样的灵魂？"他问。

"我不知道。"

他抬起头，扬起眉毛，我意识到我的答案并不是他所期待的。一个正常的、有爱的母亲应该会强调自己女儿是温柔的，或者可亲的，或者天真的。我的答案则打开了一些黑暗的可能性。

"作为一个婴儿，她是怎样的？"他问，"她是否肚子痛？或者有任何其他麻烦，比如难以喂养，或难以入睡？"

"不，她几乎从来不哭。她总是很快乐，总是笑着，总是想要人抱。我从来没有想过当母亲会这么轻松，但就是这么轻松。"

"她长大了也是这样吗？"

"她从来没有出现'可怕的两岁'（幼儿到两岁左右会有一个反抗期，对父母的一切要求都说'不'，经常任性、哭闹、难以调教。英语中有一个词来形容这个阶段，叫作 the terrible twos）的情况。她是如此完美的小孩儿，直到……"我的声音逐渐消失，低头望着伤口，它正被床单掩盖着。

"为什么你认为她袭击了你，安斯德尔太太？"

"我不知道，我们度过了非常棒的一天。我们一起做了曲奇饼干，然后她坐在咖啡桌旁，喝着她的果汁。"

"然后你认为她从垃圾箱中拿出了玻璃碎片？"

"她肯定是从那地方得到的。"

"你看到她这么做了？"

"我正在练习小提琴，一心专注于音乐。"

"哦，是的。你的丈夫和我说过你是职业乐手。你是否参加了某支管弦乐队？"

"我在一个四重奏乐团担任第二小提琴手。一个全是由女性组成的乐团。"医生听了只是简单地点了点头，让我感觉有必要加些东西进去，"我们在几周前曾去罗马演奏过。"

这听起来加强了他的印象。一个跨国的现场演出总是能令人印象深刻，直到他知道我们的演出是多么廉价。

"在练习的时候，我精神非常集中。"我解释说，"这可能是为什么我没有注意到莉莉起来并去了厨房。"

"你认为她讨厌你花时间练小提琴吗？对于母亲打电话或者在电脑上工作这些事，孩子通常都是很厌恶的，因为他们想要母亲完全的关注。"

"她之前从来没有讨厌过这件事。"

"可能这次有些不同呢？可能这次你比以往更加专注？"

对此想法我思考了一下："好吧，这首曲子让我感到沮丧。对我来说，它是首新音乐，是种挑战。在演奏后半首的时候我不太行。"顿了一下，我回想起当时挣扎着演奏这首华尔兹的情景。当满怀恶意的音符爆发，超出我的控制的时候，我的手指乱成一团。这首曲子的意大利文名为"Incendio"，意为"火"，但它让我的手指如冰锥一般。

"安斯德尔太太，有什么问题吗？"

"两周以前，当莉莉杀死我们的猫时，我也是在演奏这首曲子。"

"是首什么样的曲子？"

"是首华尔兹乐曲，我在意大利买下并带回了家。是手写的谱子，我是在一家老商店里发现的。如果说这两次并不是巧合的话。"

"我怀疑，我们可以把莉莉的行为归责到这首曲子上。"

我感到有些不安，被这新思路吸引："因为职业需要，我也拉过其他的小提琴曲子，但莉莉从来不会因此出现奇怪的行为，也从未在我练习的时候抱怨。但在我拉这首华尔兹乐曲的时候，她明显有些行为反常。我只拉过它两次，而这两次，莉莉都做了一些可怕的事情。"

医生沉默了一会儿，也没在他的笔记板上写东西。他只是盯着我，但我不知道他有什么疯狂的想法。"描述一下这首曲子，你说它是华尔兹乐曲？"

"它真的是首让人印象深刻的曲子，一首用E小调谱写的曲子。你懂任何有关音乐的东西吗？"

"我弹钢琴，继续。"

"在开始的时候，曲调简单，节奏舒缓。我怀疑在创作之初，它是被作为舞曲来编写的。但后来，它变得越来越复杂，出现了一些奇怪的变音记号，仿佛一系列'恶魔的和弦'。"

"'恶魔的和弦'，什么意思？"

"这种和弦也叫作三全音或增四度。在中世纪，这种和弦被认为是邪恶的，因此在教堂音乐中被禁止，因为它们很不和谐，令人烦躁不安。"

"的确，这首华尔兹乐曲听起来并不完全是悦耳的。"

"还有，想要演奏它也非常难，特别是当它升到最高阶段的时候。"

"所以，音符所在的声调非常高？"

"高于第二小提琴通常的声调范围。"

他再次沉默，我所说的某些内容明显让他在意，过了一会儿他才说："当你在演奏这首曲子的时候，莉莉是在哪个时间点上攻击了你？是在那些高声调音符的时候吗？"

"我想是的，我记得我已经翻到了第二页。"

我看着医生在笔记板上敲着他的笔，以一种紧张而又有节奏的方式。

"谁是莉莉的儿科医生？"他突然问。

"谢里医生。在一周以前，我带莉莉去做检查的时候见过他，他说莉莉完全健康。"

"虽然如此，我想我会给他打个电话。我建议找个精神科医师看一下，如果你也同意的话。"

"给莉莉？为什么？"

"这只是个预感，安斯德尔太太。不过你提供了一个非常重要的线索。这首华尔兹乐曲可能是关键所在。"

晚上，罗伯已经熟睡的时候，我爬下了床，自己来到楼下的客厅。客厅的血迹已经被罗伯清洗过了，地毯上潮湿的痕迹是证明这个事件并非子虚乌有的唯一证据。乐谱架依然立在那里，上面有着一份"Incendio"的复印件。

在柔和的灯光下，上面的音符难以认清，因此我把这张纸拿到了厨房的桌子上，在旁边近距离地仔细观察。我不知道应该找什么，它只是一张普通的、两面都用铅笔写着音符的稿纸。在两面我可以发现编曲时匆忙的痕迹：很多连音符都是用斜线简单代替，音符也仅比一个点长一些。

我并没有在上面发现黑魔法，也没有隐藏的符文或水印。但这首曲子对我的生活产生了恶劣的影响，使女儿变成了另外一个人——一个使我害怕的人——并袭击了我。

突然，我想要毁掉这张纸。我想要烧掉它，使它化为灰烬，好让它不再伤害我们。我想要把它拿到煤气灶旁，打开煤气灶开关，看着煤气灶喷出的蓝色的火苗，听着它发出的"呼呼"的声音。但我不能让自己这么做。这可能是这首华尔兹乐曲在这个世界上的唯一复印件，而且当初我第一眼看到它时就被它深深地吸引了。

于是我关掉了煤气灶。我独自站在厨房里，盯着这首曲子，感觉到这张纸所散发出的能量，如同熊熊燃烧的烈火。

我很想问：它到底从何而来？

一

第四章

威尼斯，第二次世界大战前

这天，阿尔贝托·马扎教授在他心爱的小提琴表面发现了一条细小的裂缝，这是他们的传家宝，是两个世纪前在克雷莫纳制造的。他知道只有威尼斯最好的制琴师才能修复它，因此他去找了位于德拉基耶萨街，布鲁诺·托德斯科的店。

布鲁诺是一位有名的制琴师，他可以用雕塑刀和木工刨子把杉木和枫木变成能发出悦耳音乐的弦乐器，让死木发出魔幻的声音，而不仅是普通的声响。他的乐器歌唱时是如此的优美，因此从伦敦到维也纳，有许多管弦乐团都用着他所制作的乐器。

当阿尔贝托步入这家店时，小提琴制作者正在工作台上聚精会神地工作着，丝毫没有注意到新顾客的光临。他看见布鲁诺打磨着由杉木雕刻而成的乐器表面，如同对待情人一般地抚摸着。布鲁诺是如此专注，整个身体弯曲向前，仿佛在试着把自己的灵魂注入其中，好让这些木头拥有生命，为其歌唱。

阿尔贝托突然产生了一个想法，一个在此之前从来没有过的想法。他认为眼前的这个人是一位真正献身于手艺的艺术家。布鲁诺有着极佳的名声，有着节制的生活习惯，勤勉，从不负债，虽然并没有定期去犹太人教会，但也会偶尔出现，并对长者们表示他的恭顺之意。

因为布鲁诺极其专注于杉木外表的雕刻工作，以至于根本没有发现他的顾客，因此，阿尔贝托就慢慢地在店内参观着。

一排闪闪发光的拥有着涡卷形琴头的小提琴挂在店中，并安上了琴桥与琴弦，可以随时用来演奏。而一尘不染的玻璃柜里，则放着一排排装着松香的盒子及备用的琴桥与琴弦配件。工作室的后墙边则放着一些风干的杉木与枫木木板，等待着被雕刻与塑造成一件件乐器。阿尔贝托所看到的每个地方都井然有序。

这是一个一丝不苟的男人的商店，他重视他的工具，关心着生活中的重要细节，是一个值得托付的人。尽管布鲁诺年纪还不到四十岁，但头顶的头发已经有些稀疏，身高也只有中等水平，样貌也根本和帅搭不上边。

他还没有结婚。

这就是他们利益一致的地方。阿尔贝托有一个已经三十五岁的女儿，名叫埃洛伊萨，也尚未结婚。她既不漂亮也不难看，没有求婚者，除非发生些什么，要不然她可能会孤独终老。勤劳的布鲁诺，正在他的工作台上努力着，婚姻之事被他抛诸脑后。阿尔贝托想要抱外孙子或外孙女，而为了达到这个目的——他需要个女婿。

布鲁诺是个不错的选择。

在八个月后举行的婚礼上，阿尔贝托拿出了他珍贵的克雷莫纳小提琴（布鲁诺已经修好了它），演奏了欢快的庆祝曲调，一首由祖父在数十年前教他的曲子，之后他还为埃洛伊萨和布鲁诺的三个孩子都演奏了同样的曲子。

第一个出生的孩子是马尔科，带着哭声，挥舞着拳脚来到这个世界，对世界满是愤怒。三年之后则是第二个孩子洛伦佐，几乎没有哭声，他把头转向每个能发出声音的东西，专心于聆听世界，倾听鸟鸣，及阿尔贝托所演奏的每个音符。

又过了十年，当埃洛伊萨四十九岁，被认为不再会有小孩的时候，女儿小皮亚奇迹般地来到了这个世界。对于阿尔贝托来说，这些都是他宝贵的外孙和外孙女，两个男孩儿和一个女孩儿，考虑到他们长相处于平均水平的父母，这些孩子都长得超乎他预期的漂亮。

但在这三个孩子之中，只有洛伦佐显示了在音乐方面的天赋。

在两岁的时候，只听了一段旋律两次，这个小男孩儿就可以将它唱出来，深刻地铭刻在其记忆里，如同留声机唱片上的凹槽般。在五岁的时候，他已经能够将这些旋律在他的小型小提琴（约是普通小提琴的四分之一大小，是他的父亲在德拉基耶萨街的那家店里为他专门打造的）上拉出来。到了八岁，不管什么时候，只要洛伦佐在他的房间里练习，经过德尔福尔诺街的路人就会停下脚步，听窗户里飘荡而出的音乐。几乎没有人猜得到，这样完美的音符是由一名孩童用儿童小提琴演奏出来的。

洛伦佐和他的祖父阿尔贝托经常进行二重奏，而这时从窗户倾泻而出的旋律能将犹太人区韦基奥的人都吸引过来。一些人被这些纯净而甜美的音符深深打动，甚至当场流出了眼泪。

当洛伦佐十六岁的时候，他已经能够演奏帕格尼尼的二十四号随想曲。而阿尔贝托也知道时机已经来临了，演奏这样的音乐需要有一件合适的乐器，于是他将他珍爱的克雷莫纳小提琴交到了这位男孩儿的手中。

"但这是你的小提琴，外公。"洛伦佐说。

"现在它是你的了。你的哥哥马尔科对音乐一点儿都不关心，只对他的政治感兴趣。皮亚喜欢沉醉于梦中，想要童话中的王子。但你是有天赋的，你知道如何让她唱歌。"阿尔贝托点了点头，"继续，孩子。让我们听你用它来演奏。"

洛伦佐把小提琴放到了他的肩膀上。好一会儿，他只是举着它，好像在等待着小提琴与自己的血肉融合在一起一样。这把小提琴已经传了六代，那块乌木曾抵在祖父的下巴上。在这块木头之中，容纳着许多美妙旋律的记忆，而现在，是洛伦佐把他自己的旋律融入其中的时候了。

男孩儿拉动了琴弓，撩动了琴弦，从杉木与枫木所制成的涂着油漆的盒子中涌出了音符，让阿尔贝托感到兴奋。洛伦佐拉的第一首曲子是一首非常古老的吉卜赛人曲子，是他在四岁的时候就学会的，现在他正缓慢地演奏它，感受木头所发出的每一个音符。接着他又相继拉了莫扎特的奏鸣曲、贝多芬的回旋曲，最后用帕格尼尼的曲子收尾。通过窗户，阿尔贝托可以看见下面聚集的人群，这优雅的声音让他们抬起了头。

当洛伦佐最终放下他的琴弓时，这些临时聚集的观众爆发出了雷鸣般的掌声。

"没错。"阿尔贝托低语道，他被外孙的演奏震惊了，"哦，没错，她在说自己属于你。"

"她？"

"她的名字，你知道的：拉迪亚诺拉，女巫。这是我祖父给她起的名字，他曾奋力地想要掌控她。他声称，她在每个节奏上都与他作对，甚至每个音符。他最终都没有学会如何用她演奏出美妙的曲子，并把所有的责任归咎于她。他说，她只服从于那些命中注定拥有她的人。当他把她给了我，并听了我尝试的演奏之后，他说：'她在说自己属于你。'就如同我现在和你说的一样。"

阿尔贝托把他的手放在了洛伦佐的肩上。"她现在是属于你的，直到你把她传给你的儿子或孙子，也有可能是女儿。"阿尔贝托笑着说，"保管好她，洛伦佐。她可以传许多代，而不仅仅是你自己的。"

一

第五章

1938年6月

"我女儿有不错的耳朵，也有着精湛的大提琴技术，但我担忧她缺乏专注力与持续力。"奥古斯托·巴尔博尼教授说。"而公开演出可能是最能激发乐手并让他们发挥出最佳实力的事情了，这可能会成为她所需要的动力。"他看着洛伦佐，"这是我会想到你的原因。"

"你在想什么？"阿尔贝托问他的外孙，"你能帮我这位老朋友的忙吗？和他的女儿来一次二重奏。"

洛伦佐回头看着阿尔贝托和另外一位教授，拼命地想要找一个借口来推托掉。当他们把他叫下来到客厅，邀请他一起喝咖啡的时候，他并不知道原因。妈妈已经把蛋糕和水果及撒满糖的饼干铺陈开来，这表明她对巴尔博尼教授高度重视。

这位教授是阿尔贝托在威尼斯东方大学音乐系的同事，穿着量身定制的精致西服，有着狮子般的金色头发，既令人印象深刻，也让人感到一些敬畏。当阿尔贝托每年看上去都在缩小的时候，巴尔博尼却正处于盛年，行动强健有力，食欲旺盛，常常大声地欢笑。他经常来拜访阿尔贝托，洪亮的声音连在三楼卧室的洛伦佐也能听到。

"你的外公和我说，你可能会参加今年威尼斯东方大学的音乐比赛。"巴尔博尼说。

"是的，先生。"洛伦佐瞥了一眼阿尔贝托，后者脸上挂着任性的笑容，"去年，我因为伤了手腕，因此没能参加成。"

"但现在已经痊愈了吧？"

"他现在比以前更好了。"阿尔贝托说，"已经学会不从那要命的楼梯上跑下来了。"

"你感觉有几成把握得奖？"

洛伦佐摇了摇头："我不知道，先生。有许多非常强劲的对手。"

"你的外公说没有人比你更棒。"

"他这样说是因为他是我外公。"

听到这话，巴尔博尼哈哈大笑起来，"是的，在他的屋顶下，似乎每个人都是天才！但我认识阿尔贝托已经超过二十年了，他从来不吹牛。"巴尔博尼发着"滋滋"声喝了口咖啡，然后把杯子放到茶托上，"你是，多少岁来着，十八岁？"

“到十月我就马上十九了。”

“完美，我的劳拉是十七岁。”

洛伦佐从来没有见过这个男人的女儿，在他的想象中，那个女孩应该是长得和她父亲一样的，骨骼粗大，声音洪亮，手大肉厚，粗粗的手指，如同铁锤一样地拨动大提琴指板。

他看着巴尔博尼从盘子中拿了一块甜饼干放到嘴中嚼了起来，砂糖粘上了他的胡子。巴尔博尼的双手非常大，可以在钢琴上弹奏跨度十一个音阶的旋律，这也是他选择钢琴作为乐器的原因。如果让他去拉小提琴，这样粗的手指会妨碍演奏。

“这是我给你的一些建议，洛伦佐。”巴尔博尼说，抖了抖胡子上粘的砂糖，“你会帮我一个大忙，我不认为这对你来说是非常大的负担。距离比赛还有好几个月的时间，因此你们有充裕的时间来准备二重奏。”

“和你的女儿？”

“你已经计划参加威尼斯东方大学的比赛了，所以，为什么不带上劳拉，来一段小提琴与大提琴的二重奏呢？至于演奏曲目，我想过卡洛斯·玛丽亚·冯·韦伯的六十五号作品，或贝多芬的五十一号作品，还有他二号圆舞曲的编曲都是不错的选择。或者你可能会更喜欢坎帕尼奥利的奏鸣曲。以你这样高的水平，这些曲子都是你可选的。当然，劳拉可能需要付出一点儿努力，但这也是她所需要的动力。"

"但我之前可从来没有听过她的演奏。"洛伦佐说,"我不知道我们的合奏听起来会如何。"

"你们有数月的时间练习。我肯定到时你们两个都会准备妥当的。"

洛伦佐想象在一个令人窒息的房间内,和一位粗笨如牛的女孩一小时又一小时练习的场景,听她笨拙地摸索音符,最后同台演奏贝多芬或冯·韦伯这样的大师的作品,结果引来一片嘘声。这样的同台演奏简直有伤尊严。他明白为什么会这样。巴尔博尼教授想要女儿尽可能地拥有优势,找一位技艺出众到足以掩盖女儿瑕疵的搭档是一个不错的办法。当然,外公肯定明白这一切,而且准备让他接受这种折磨。

对于洛伦佐的目光,阿尔贝托回了一个平静的微笑,这让前者有些抓狂,仿佛在说这件事已经谈妥定下了一样。巴尔博尼教授是阿尔贝托最好的朋友,所以,洛伦佐必须同意。

"周三来我家,四点左右。"巴尔博尼说,"劳拉会非常期待你的光临。"

"但我没有任何你建议曲目的谱子,我可能需要一些时间找下。"

"我私人图书馆里有。明天就把它们给你外公,这样你就可以在来之前先练习一下。在我家还有其他曲子,如果之前的曲子都不合你意,我保证你和劳拉可以找到其他你们都满意的曲子。"

"如果我们找不到呢？如果我们发现我们并不是很好的音乐搭档呢？"

外公露出了安心的笑容。"凡事不一定，你为什么不先和这女孩见一面呢？"他建议说，"然后你再决定是否要继续。"

马上就要到周三四点了，洛伦佐带着小提琴，经过一座桥来到了多尔索杜罗区。这是一个邻近大学的街区，许多教授和学者都喜欢住在这里，这里的建筑也比自己家所在的卡纳雷吉欧区的建筑更宏伟一些。他在巴尔博尼家所在的芳德门塔布拉加丁街停了下来，在他面前的是一道厚重的，嵌着铜狮子门环的门，这让他有些害怕。在他背后，则是一条河，河上的船只徐徐前进着，船桨拍打着水面溅起水花。

在圣比欧的人行桥上，有两个男人正在争论谁应为一面损坏的墙买单。透过他们焦虑的声音，洛伦佐可以听见有一架大提琴正在演奏，它的音符似乎在每个地方都会被反射一次，从砖块、石头、水反弹回来。这音乐是从巴尔博尼家巨大的琥珀色的住宅中传出来的吗？

他摇了摇铜质门环，听见其回音如雷般穿过整栋房子。一位穿着管家制服的妇女皱着眉头打开了门，上下打量着他。

"抱歉，打扰了，不过我被告知四点的时候来这里。"

"你是阿尔贝托的外孙？"

"是的，女士。我是来这里找巴尔博尼小姐练琴的。"

妇女看了一眼他的小提琴盒子，礼貌地点了点头："跟我来吧。"

洛伦佐跟着她来到一个昏暗的走廊，走廊两边挂着一些男男女女的肖像画，从他们的穿着打扮可以看出这些人都是巴尔博尼家的人。在这个巨大的家中，他仿佛感觉自己像个入侵者，他的皮鞋踏在光亮的大理石上发出刺耳的声音。

他胆怯地问管家："这是教授的家吧？"

"他应该很快就会回来了。"大提琴的声音越来越响，整个空气都随着响亮的音符在发出"嗡嗡"声，"他说你们两个都不用等他，可以自己开始练习。"

"我和巴尔博尼小姐还没有互相介绍。"

"她很期待你的到来，不需要介绍。"随着管家打开了一道双扇门，大提琴甜蜜的声音宛如蜂蜜般倾泻而来。

劳拉·巴尔博尼正坐在窗户边，背对着洛伦佐，正面刺来的阳光让他目眩，使他只能看清对方的轮廓，低垂的头，双肩朝前拥抱着她的乐器。她还在继续地演奏着，并不知道洛伦佐正在边听边认真地评估着她所拉出的每一个音符。

她的技艺并不精湛，在有的地方有些走音。但她极具攻击性，她的琴弓在弦上滑动时是如此的自信，仿佛那些错误也是故意为之的，每个音符都弹奏得毫无愧疚感。此时此刻，他并不在乎对方长得如何。她可能有驴一样的脸，或者奶牛一样大的屁股。但最重要的是她让琴弦所发出的声音充满了激情，一种仿佛可能会将大提琴燃尽的激情。

"巴尔博尼小姐？这位青年来了。"管家说。

琴弓突然停止了运动，音乐归于沉寂。好大一会儿，这位女孩儿依然把琴弓搭在乐器上，好似不情愿停止一般。然后她站起来拉开了椅子，转过身来看着洛伦佐。

"好吧。"片刻之后，她说，"你并不像我期待的那样像个食人魔。"

"你父亲是这样向你描述我的吗？"

"爸爸从来没有和我说过你长得如何，因此我还以为你长得是极其糟糕的那种。"她向管家点了点头，"谢谢你，艾达。你可以关上这门了，这样我们就不会打扰到你了。"

管家离开了，只留下洛伦佐独自面对眼前这个奇怪的生物。他曾以为他将见到的是一位满脸通红，脖子粗大的女版巴尔博尼教授，但他见到的是一个美丽非凡的女孩。她的长发犹如金子般明亮，在午后的阳光下闪闪发光。

她直直地盯着他，但他无法确定她的眼睛是蓝还是绿。劳拉的目光让他心烦意乱，甚至没有马上看见对方手臂上有着烧伤的绳状的旧伤痕。然后，他发现了她手臂上破损的皮肉，虽然他马上将目光转移到对方的脸上，但无法掩盖他脸上的震惊。任何拥有这样丑陋皮肤的女孩被人看到时都会脸红，或者扭过头去，或者交叉手臂来掩盖伤口。但劳拉·巴尔博尼若无其事，依然把她自己毫无保留地展示在他面前。

"你拉得非常不错。"洛伦佐说。

"听起来你好像很惊讶。"

"老实说，我不知道该有什么样的期待。"

"我的父亲是怎么对你说我的？"

"没说太多。我必须承认，这让我感到疑惑。"

"你也感觉会碰见一个食人魔？"

洛伦佐笑了："是的，诚实地说。"

"那么你现在是怎么想的？"

他现在在想什么？当然是她是如此的美丽和有才华，但同时也有一点点可怕。他从来没有遇见过如此直率的女孩，那直视在他身上的眼光一时让他语塞。

"别在意，你并不一定要回答。"她低下头，望着他的小提琴盒子，"好了，你不打算把你的乐器拿出来吗？"

"你真的想要继续吗？为一次二重奏演出做准备？"

"除非你还想和我做其他事。"

洛伦佐的脸"唰"地一下红了，赶紧把注意力转到小提琴盒子上。他可以感觉到对方正在研究自己，感觉自己给人的印象是如此的一般，平凡的登场，普通的身高，瘦长的身材，磨损的鞋子与破旧的衣服。

对于这次拜访，他并没有特意装扮，因为他无意给食人魔版劳拉留下印象。但现在他已经见到对方了，变得有些后悔没有穿自己最好的衬衣和皮鞋。第一印象是非常深刻而持久的，他可能之后也永远无法改变这一印象。带着一种泄气的感觉，他调整着自己的小提琴，在上面弹奏着一些琶音（一串和弦音从低到高或从高到低依次连续奏出）来活络手指。

"你为什么要同意这事儿？"她问。

洛伦佐正专注于给琴弓涂抹松香："因为你的父亲认为我们可以演奏一场非常棒的二重奏。"

"然后你就同意了，仅仅是因为他要求你这样做？"

"他是我外公的朋友兼同事。"

"所以你无法拒绝？"劳拉叹道，"你必须要对我坦诚以待，洛伦佐。如果你真的不想这样的话，现在就告诉我。我会告诉父亲是我自己的决定。"

他转身面对着她，这次他的目光没有逃避，他也不想放弃。"我来这里是为了和你合奏的，"他说，"我想这是我们现在应该做的事。"

她活泼地点了点头："那么我们是从冯·韦伯开始吗？先看看我们两个人合奏起来的感觉如何？"

她把冯·韦伯的谱子放在乐谱架上，而他因疏忽没有带架子，因此，只能站在她的背后越过她的肩膀来看谱子。他们是如此接近，他甚至能闻到她的气息，一种如玫瑰花瓣般的香味。她的衬衣袖上镶着蕾丝花边，脖子上围绕着精致的链子，一个小十字架则被链子悬挂于衣服第一个纽扣的上方。他知道巴尔博尼家是信仰天主教的，但散发着金色光芒的十字架停留于她胸骨上的景色着实使他思绪停滞。

在他把小提琴抵在下巴之前，她已经开始演奏前四个小节了。拍子很缓，她慢慢地把音符引导了出来，音色圆润而深沉。也许她的手臂被丑陋的伤疤所包围了，但这样的手臂依旧能对大提琴施魔法，让它发出美妙的声音。他很好奇她是怎么被烧伤的。小时候摔到壁炉里了吗？烧开的水壶从炉子上倒下来了吗？如果是其他女孩，肯定会穿着长袖来遮盖，但劳拉则完全地展示着破损的皮肉部分。

在第五小节，他的小提琴参与进了演奏。切入得完美而协调，他们的合奏使得声音比他们任何一个人各自独奏所发出的声音都要美妙。这是冯·韦伯的曲子应有的声音！但这只是一首简短的曲子，很快地，他们就拉到了最后的小节。哪怕在两个人都把琴弓举起来之后，最后的音符依然徘徊在空气中，宛如悲伤的叹息。

劳拉抬头看着他，张开的双唇发出惊讶的声音："我从来没有发现这首曲子这么美。"

他凝视着她架子上的乐谱："我也没有。"

"请你让我们再合奏一次吧！"

在声音进出他的喉咙之前，劳拉回头看见了管家，艾达，正托着放着茶杯与饼干的托盘。艾达甚至没有看一眼洛伦佐，只看着劳拉。

"你要的茶，巴尔博尼小姐。"

"谢谢你，艾达。"劳拉说。

"巴尔博尼教授现在应该到家了。"

"你了解他的，爸爸从来不受日程表的限制。哦，艾达，我想我们三个人要一起吃晚饭。"

"三个人？"直到现在，管家才瞟了一眼洛伦佐，"这青年要留下吗？"

"抱歉，洛伦佐，我应该先问下你的。"劳拉说，"你的晚饭有其他安排吗？"

洛伦佐的目光在劳拉和管家之间来回游动，感到房间中紧张而凝固的气息，让人窒息而讨厌。他想起了母亲应该正在准备晚饭，又想起了劳拉脖子上挂着的金色十字架。

"家人正在等我回去吃晚饭呢，我恐怕得谢绝你的邀请。"他说。

艾达上翘的嘴唇变成满意的微笑："所以今晚只有两个人，和平常一样。"说完，她从房间里退了出去。

"你一定要这么急着回去吗？你有时间和我多来几曲吗？"劳拉说，"我的父亲也建议过用坎帕尼奥利或贝多芬的回旋曲来参加比赛。尽管我承认，我对这几位都不怎么喜欢。"

"那我们可以选择一些其他的。"

"不过我并没有练习过其他曲子。"

"你愿意尝试用没有练过的曲子来和我演奏二重奏吗？"

"什么样的二重奏？"

洛伦佐把手伸到了乐器盒子的口袋里，拿出了由两页谱子组成的曲子，放在了劳拉的架子上，"试下这个，我想你应该可以视奏。"

"La Dianora（一首古老的意大利乐曲）。"她皱着眉头读着标题，"非常有趣的曲名。"她拿起了琴弓，颇有兴趣地开始演奏第一小节。

"不，不！你拉得太快了。你要以缓慢地速度来拉。如果你开始就这么快的话，那最后可能会变成急板。"

"我怎么知道呢？"她猛然中断，"这纸上任何地方都没有说是柔板，而我之前也从来没有见过这首曲子！"

"当然，你肯定没有见过。因为它是我刚完成的。"

她看着他，惊讶地眨着眼："这是你的曲子？"

"是的。"

"那么它为什么叫'La Dianora'？女巫？"

"这是我小提琴的名字，La Dianora。我还在修改后半部分，因为后面听起来还不太好，但我相信总体来说，它的主旨是非常吸引人的。还有，我会把它改编得更加适合我们各自乐器的发挥，这会成为我们二重奏的优势。"

"哦，比赛太可怕了！"劳拉叹息道，"为什么一定要争个谁是最棒的，谁是第一呢？我希望我们只是为了快乐而演奏。"

"你不喜欢这首曲子吗？"

她沉默了一会儿，注视着这首曲子。"不。"她说，声音中带着惊喜，"不，我喜欢这首曲子。但如果把这首曲子当作参赛曲目，那么一切都会变得不同。"

"为什么？"

"因为现在它并不有趣，它有些傲慢。你应该了解一下我，洛伦佐。我不喜欢失败，永远。"她看着他，"如果我们打算去赢得大奖，那么我们应该全力以赴。"

第六章

在接下来两个月里，洛伦佐每周三都会过桥去多尔索杜罗区，在四点的时候敲响芳德门塔布拉加丁街的那扇门，被永远愁眉苦脸的管家带进去。然后他和劳拉会先练一下"La Dianora"，接着休息，喝点茶，吃点蛋糕。有时，巴尔博尼教授也会在他们休息的时候来和他们谈话。后来，他们会演奏任何让他们开心的曲子，不过到了最后阶段，他们还是回到了"La Dianora"，并把它定为他们的比赛曲目。

大提琴的部分让劳拉有些挫败感，这点洛伦佐可以从她脸上紧皱的眉毛中看出来，他欲言又止。

"再来！"在遭遇困难的地方时，她从不退缩。在有瑕疵的地方，她总是不停地喊"再来""再来"。这个女孩是如此坚韧不拔，这甚至有些吓到了他。而在经过一小时的努力，突然跨过某个难关时，她则会发出爽朗的笑声。在整个下午，她可能会让他在惊讶、沮丧、迷惑这些情绪之间转换。

周三变得和其他日子不再一样，变成了"劳拉日"。当他来到她家，就是来到了她的世界，使他忘记了自己的世界。当他和她促膝而坐的时候，在她用琴弓抚动琴弦时，他可以看见她脸上汗水的光芒，听到她柔软的呼吸声。二重奏并不仅仅是让两件乐器发出声音，还意味着双方要有完美的默契，感情与内心完全相连，你要知道你的搭档会在何时举起他的琴弓，以及在何时结束音符。

随着比赛日的接近，他们的合奏日臻完善。洛伦佐可以想象出在威尼斯东方大学的舞台上，他们俩的乐器在灯光下闪耀着光芒，劳拉坐在椅子上，她的礼服垂在地板上。他们的合奏配合得天衣无缝，胜利的笑容洋溢在她的脸上。最后两人双双拿着琴弓，携手来到台前接受观众的掌声。

然后他们将收好各自的乐器，互相告别，结束一切。不再有练习，也不用再在午后与劳拉见面。

我必须要记住这个时间，在我们分道扬镳之后，这是我仅有的有关她的记忆。

"哦，看在上帝的份上，洛伦佐！"她突然说，"你今天怎么魂不守舍？"

"抱歉，我忘记我们拉到哪个小节了。"

"第二十六小节，你在这走神了，我们现在不在一个调子上。"她对他皱了皱眉头，"有什么问题吗？"

"没事。"他转了转肩膀，活动了一下脖子，"我们现在已经拉了几个小时了。"

"我们是不是要再休息下，喝点茶？"

"不，我们继续吧。"

"你是不是着急走？"

离开她是他最不想做的事，但现在已经快八点了，晚饭的香味已经从厨房飘荡而来。"很晚了，我不想滞留太久。"他恋恋不舍地说道。

"我明白了。"她叹气道，"好吧，我知道你感觉和我待在这里非常难受。"

"什么？"

"我们并不需要互相喜欢，只需要在一起合奏好，对吧？"

"是什么让你感觉我不喜欢和你在一起？"

"这难道不是非常明显吗？我邀请过三次，让你留下来吃晚饭，但你每次都拒绝了。"

"劳拉，你不懂……"

"不懂什么？"

"我感觉你只是出于礼貌而邀请我。"

"邀请一次可能是礼貌，邀请三次明显超过礼貌。"

"抱歉，我知道艾达并不喜欢我在这儿，我不想把事情搞麻烦。"

"艾达对你说过什么吗？"

"不，不过我可以从她脸上读出来，她看我的方式。"

"嗯，那么你现在是读心师了。你看了一眼艾达，清楚地知道她心里在想什么。哦，亲爱的，她不喜欢你，所以你不敢接受我的邀请。在生活中，你是这样容易气馁的人吗，洛伦佐？"

他也盯着她，被她所说的事实震了一下。劳拉从来不会那么轻易地退却，她比任何时候的他都要勇敢，勇敢到把自己丑陋的伤疤当成猩红的旗帜。现在，她挑战他成为像她一样勇敢的人，把自己内心的想法说出来，而不在乎将造成的结果。

她冷酷地放下大提琴。"你是对的。"她说，"现在太晚了，我们下周见。"

"我很高兴和你在一起，劳拉。事实上，这里是我最想待的地方。"

"这是真的洛伦佐在说话吗？或者说这个洛伦佐是外交官，想要对我说些礼节性的话，而不冒犯我？"

"这是事实。"洛伦佐平静地说，"整个星期，我都在等待周三的到来，想来这儿和你在一起。但我不像你这样善于表达内心。你是我见过的最勇敢的女孩儿。"他低头看了看脚，"我知道我有些太谨慎，我一直都是这样的。害怕做错事，说错话。唯一让我感觉有勇气的时候，真正有勇气的时候是我在演奏音乐的时候。"

"好吧，那么我们就演奏吧。"她拿起大提琴与琴弓，"也许你今晚会感觉勇敢些，勇敢到留下来和我一起吃晚饭。"

"再来点葡萄酒，让我再多喝一点儿！"巴尔博尼教授说着，再次倒满了酒。这是他们第四杯还是第五杯呢？洛伦佐已经记不清楚了，但这又有什么关系呢？这个夜晚是一个漫长而快乐的时光。

艾灵顿公爵的曲子从留声机中传出来，喝着艾达精心烹饪的蔬菜肉汤，然后是鹅肝、土豆，最后是蛋糕、水果与坚果。洛伦佐从来没有吃过这么快乐的晚餐，而这一切快乐都源于一同进餐的人。劳拉就坐在他的对面，她那没有遮盖的手臂一览无余，而她手臂上的伤疤已不再让他感到惊讶。不，这些伤疤是他敬佩她的另外一个原因。这是她勇气的证明，是她愿意表达自我的证明——毫不含糊。

她的父亲是豪放而直率的人，大声地说话，朗声大笑。巴尔博尼教授想要知道他们的客人对所有事情的看法。比如洛伦佐对爵士乐的看法是什么呢？路易斯·阿姆斯特朗与艾灵顿公爵中他更喜欢哪一个人呢？他是否想过小提琴在现代音乐中能扮演什么角色呢？

然后又问："你未来有什么打算？"

未来？洛伦佐对未来的思考还没有超过三周后的比赛："我准备进入威尼斯东方大学，就像我哥哥马尔科一样。"他说。

"你准备选哪个专业？"

"马尔科建议我研究管理，他说这样更容易找到好工作。"

巴尔博尼教授哼了一下说："研究像管理这样的东西，那你会感觉自己被活埋了。音乐才是你的领域，你不是已经在教授他人演奏小提琴了吗？"

"是的，先生，我已经有七个学生了，他们都八九岁大。父亲认为我们应当把生意联系起来。我教授小提琴，而他为学生们提供小提琴作为乐器。他希望有一天我能继承他的商店，但我认为我不能成为一个好的制琴师。"

"那是因为你根本就不是一个工艺家，你是一个音乐家。在你小时候，你的外公就已经发现这点了。你是否打算在某个管弦乐团找个职位？或者你可以考虑出国，比如去美国？"

"美国？"洛伦佐笑了，"这简直是幻想！"

"为什么不做个大点儿的梦呢？这并非不可能。"

"这意味着我要离开家乡。"他的目光越过桌子望着劳拉，这也意味着要离开她。

"我真的认为你应该考虑一下移民，洛伦佐。这个国家在发生变化，一切都将发生剧变。"巴尔博尼教授突然冷静地说，"现在世道不好，我对阿尔贝托也说了一些其他的可能性，并且给他提供了一个你们家族可以移居的地方。"

"外公永远不会离开意大利，父亲也不会扔下生意。他在这里拥有良好的信誉和忠实的客户。"

"是的，现在，他的生意可能还是安全的。优秀的制琴师并不是那么容易找到的，他并不是那么容易被替代的。但谁知道政府接下来会做什么呢？谁又知道内政部接下来会颁布什么法令呢？"

洛伦佐点点头："马尔科也一直这样说。每天，他都会在新闻中找到一些让人义愤填膺的消息。"

"那么你哥哥现在正关注着时局变化？"

"父亲说我们不用担心，他说这些法令都是些政治游戏，只是场秀，政府不会对付我们的。我们必须要相信墨索里尼。"

"为什么？"

"因为他知道我们是忠诚的公民。他一次又一次这样说：在这里没有犹太人问题。"洛伦佐自信地抿了一口酒，"意大利不是德国。"

"这是你父亲所说的？"

"是的，外公也是这样认为的。他们相信墨索里尼会一直支持我们。"

"好吧，也许他们是对的。我希望他们是对的。"巴尔博尼教授收回前倾的身子，背靠椅子，好像为了保持谈话的活跃性，他已筋疲力尽，"你是一个乐观的人，洛伦佐，就像你的外公一样。这也是为什么阿尔贝托和我是那么亲密的朋友。在他的眼里，没有注定的厄运，也没有阴郁的想法，只有令人愉快的事情。"

无论如何，这个晚上依然是一段美好的时光，洛伦佐如是想。劳拉对着他笑，流淌的葡萄酒，留声机播放的美妙爵士乐……怎么会不是？哪怕艾达那冰冷的眼神也没能让巴尔博尼家的餐桌蒙上阴影。

在他离开的时候已经是子夜一点多了。街道上空荡荡的，而他要回到比邻此区的自己家所在的卡纳雷吉欧区，他并不担心自己会在这条路上遇到麻烦，比如，街上游荡着的帮派成员可能会攻击他。不，今晚他对不幸是免疫的，幸福之云会一路庇护着他。他被巴尔博尼家欢迎，被他们视为朋友，被称为艺术家。劳拉亲自送他到门口，在屋内倾泻而出的灯光下，对着他挥手告别，她的轮廓依然映在他脑海中，以及她对他所喊的话："下周三再见，洛伦佐！"

他穿上衣服，戴上帽子，一路哼着"La Dianora"走回家。

"今晚遇见什么事了，让你这么高兴？"马尔科说。

洛伦佐转过身，看见哥哥正站在厨房门口。他一点儿都不惊讶于马尔科还醒着，只有在黑夜之中，后者才会精神焕发，他和他朋友会用半个晚上的时间来聊政治，或阅读最新的报纸与小册子。马尔科的头发坚挺地竖立着，应该是用手指整理过了。在黑夜中，他看上去像是谋财害命的人，连脸都没有刮过，敞开的汗衫上还沾着污渍。

"爸爸和妈妈都很担心你。"马尔科说。

"在练习之后，他们邀请我吃晚饭。"

"他们，现在？"

"非常棒的一段时光，这是我经历过的最棒的夜晚！"

"这就让你感觉快乐了？被允许在他们家吃晚餐？"

"不是被允许，是被邀请。这当中有些区别，你懂的。"说着，洛伦佐走向楼梯，马尔科一把抓住了他的胳膊，"小心点，弟弟。你可能会认为他们是在你这边的，但你又怎么真的知道呢？"

洛伦佐挣脱开："并不是每个人都会针对我们，马尔科，有些人就是站在我们这边的。"

他带着小提琴爬上了楼，回到了自己在阁楼的卧室里，打开窗户，好让新鲜的空气进来。哪怕是马尔科也不能毁了他的这个夜晚。他想要唱歌，他想要对全世界呼喊，让所有人知道他与劳拉及其父亲所度过的这一晚有多么美妙。在巴尔博尼的家中，所有的一切看上去都是那么的快乐与闪耀，流动的葡萄酒，播放的爵士乐，所有的一切。为什么不做个大点儿的梦呢？巴尔博尼教授在鼓励他。

这个夜晚，洛伦佐躺在床上无法入眠。他敢于去幻想美国，幻想劳拉，幻想未来。是的，一切都是可能的。

直到第二天，巴尔博尼教授敲响了他们家的门，带来了会改变他们生活的消息。

一

第七章

1938年9月

"威尼斯人怎么能这样对我？"阿尔贝托说，"我在那里教了三十五年书！现在他们无缘无故地解雇了我，没有任何预兆？"

"有许多预兆了，外公。"马尔科说，"过去几个月，我都把它们告诉你了。你看过报纸上发表的社论。"

"这些报纸登的都是些废话，以及一些种族主义者的胡言乱语。没有人相信它们会成真。"

"你也读过《科学家宣言》这篇文章吧，这就是所谓的预兆。现在，它们变成了现实。"

"难道这就是大学解雇我的原因？"

"他们有他们的理由。你是个犹太人，对他们来说这个理由足够了。"

阿尔贝托转向他的同事巴尔博尼，后者正坐在椅子上摇着头。全家人都已经聚集到餐桌上，而餐桌上没有食物，也没有点心。这个消息让洛伦佐的母亲感到痛苦，使她忘记了作为女主人的职责。她跌坐在椅子上，因震惊而沉默。

洛伦佐的父亲说："这肯定只是一个临时措施。只是做做样子，用来讨好柏林的。"布鲁诺说，哪怕是墨索里尼支持者的他也不相信他们的领袖会这样对待他们，"还有，莱昂内教授家又怎么样了？他的妻子虽然不是犹太人，但也会受到迫害。听我说，过了几星期一切都会反转的。威尼斯东方大学不可能在没有犹太人的情况下运转。"

马尔科非常失望，两手一摊："爸，你读过通报吗？这些命令对学生也有效，意大利的每一所大学都已经将我们驱逐出去了！"

"他们还算比较仁慈。"巴尔博尼教授说，"在校生被赦免了，因此你也被允许完成你的学业，马尔科。但至于洛伦佐，他摇了摇头，他不能注册进入威尼斯东方大学，或其他的意大利大学。"

"哪怕我被允许完成学业。"马尔科说，"我的学位又有什么用呢？现在不会有人雇用我了。"他的眼里突然闪烁着泪水，转过头避开了众人的视线。他是如此努力学习，如此确信自己的未来之路。他想要像英雄沃尔皮和鲁萨蒂一样为意大利奉献自己。他曾梦想成为一名外交家，曾思考过应该学习哪些语言，想知道自己未来会在哪一个国家工作。在他八岁的时候，他把一张世界地图钉在墙上，然后经常用手指在上面摸来摸去，以致有些地方都磨掉了。现在因为意大利背叛了他，这些希望都破灭了——意大利背叛了他们所有人。

马尔科的眼中充满愤怒："看看他们对可怜的外公都做了什么！他人生中的一半都奉献给了威尼斯东方大学，而现在他什么都不是。"

"他依然是位教师，马尔科。"巴尔博尼说。

"一位没有收入的教师。哦，大概犹太人不需要吃东西。我们能依靠空气活着，难道不是吗？"

"马尔科。"母亲警告说，"礼貌点，这并不是巴尔博尼教授的错。"

"那他和他的同事们接下来要做些什么？"

"当然，我们也被吓到了。"巴尔博尼说，"我们写了请愿书表示抗议，我在上面签字了，还有许多其他学院的。"

"许多？而不是每个人？"

巴尔博尼低下了头："不是。"

"一些人害怕签字会给他们带来不利的影响。其他的……"他耸了耸肩，"总之，不管怎样，他们从来都不是你们的朋友。而现在，流言四起，说更糟糕的事马上就会到来。新的法律马上就要推出，对其他行业的犹太人也将产生影响。我告诉你，这些消息都源于该死的《科学家宣言》。它让一切陷入疯狂之中，给予了每个人许可，让他们把这个国家存在的所有弊病都归结到你们身上。"

这份宣言在一个多月前被刊登在了《意大利日报》上，这让马尔科暴怒，他挥舞着报纸冲进了屋，大叫道："现在他们说我们不是真正的意大利人！他们说我们是外来人种！"自那时起，他就开始沉默寡言。他带了许多小册子和报纸回家，彻夜研究思考，怒火也因此更加旺盛。

因为父亲和外公都依然是忠诚的法西斯成员，不相信墨索里尼会对付他们，因此每次家庭聚餐都变成了战场。他们在餐桌上争论之激烈出乎了每个人的意料，使得母亲把一把刀子拍在桌子上，宣布说："够了！如果你们打算杀了对方，为什么不用这把刀呢！至少让这里清静一点儿吧！"

但争论依然在继续，洛伦佐看见哥哥脖子上暴起的血管，也看见妈妈紧握的手放在桌子上。

"肯定有方法对这个宣言进行申诉。"洛伦佐说，"我要写信给这家报社。"

"哦，是的。"马尔科不屑地哼了一下，"一封信会改变所有事情！"

布鲁诺给了他儿子一个巴掌："那你又要做些什么？你这么聪明，马尔科，我确信你知道如何处理所有这些问题！"

"至少我不聋不瞎，不像你们！"马尔科站了起来，猛烈的动作把椅子带翻了，但他并没有去扶起来，自顾自地离开了房间。

妹妹皮亚急忙追了上去："马尔科！"她叫道，"别走，我讨厌你们像这样争吵！"大家听到她跑出了门，听到她呼唤马尔科停下。

虽然皮亚只有九岁，是他们这群人中最小的，但是这个家中真正的外交家，在他们争吵的时候她总是非常难过，会一直想办法让谈话变得平和。尽管她在街道上传来的声音越来越弱，但她依然恳求着她哥哥回来。

而在屋内是沉重而又漫长的沉默。

"所以，现在我们应该怎么办？"埃洛伊萨用微弱的声音问。

巴尔博尼教授摇了摇头："你们什么都做不了。我和同事会把我们的请愿书交给学校。我们中的有些人也给那家报社写了信，但我们都不认为有机会刊登出来。每个人都非常紧张，每个人都非常害怕，因为政府可能会对那些有异议的人进行报复。

"我们必须要公开地、大声地把我们的忠心表达出来。"洛伦佐说，"要让他们知道，我们所做的每一件事都是为了国家。每次战争我们都出力了，我们在保卫意大利。"

"没用的，我的朋友。在那篇文章发表之后，你们的犹太人联盟已经出版了一些刊物，表达了他们的忠心。但有用吗？"

"那我们还能说什么？我们还能做什么？"

巴尔博尼教授思考着，他的整个身子都好像因为答案的分量而变得沉重："你们应该考虑离开这个国家。"

"离开意大利？"洛伦佐僵在椅子上，叫道，"我的家族在这里生活了四百年。我像你一样，也是一个意大利人！"

"我并不是在和你争论，洛伦佐。这是我唯一能给你们的建议。"

"这是什么建议？放弃我们的国家？你把我们的友谊看得如此轻贱，想要把我们扔到另外一条船上去吗？"

"别这样，你不明白……"

"明白什么？"

巴尔博尼教授用微弱的声音说："有一些传言，我是从学校同事那儿听来的。"

"是的，我们也听到了一些传言。到处都有这些传言，都是疯狂的犹太复国主义者所传播的，他们想让我们对抗政府。"

"但告诉我这些传言的人，据我看，都是些理智的人。"巴尔博尼教授说，"他们说在波兰正在发生着某些事，一些报道称许多人都被流放了。"

"被赶到哪去了？"埃洛伊萨问。

"劳工营。"巴尔博尼看着她说，"妇女和小孩也都一样。不管年龄，不管健康与否，都被逮捕了，然后运到劳工营。他们的家与财产已经全被没收。其中有些传言恐怖到让人难以置信，我都不想说出来。但事实上它们正在波兰发生着……"

"但不会在这里发生。"洛伦佐说。

"你太相信政府了。"

"你真的那么想我们离开吗？那我们又该去哪儿呢？"

"葡萄牙或西班牙，抑或瑞士。"

"我们在瑞士要靠什么生活？"阿尔贝托指着女婿说，面对着生活中新出现的变化，后者正在挣扎着，"布鲁诺有许多忠实的客户，他用了一生来建立他的信誉。"

"我们不会离开的。"布鲁诺突然说，他站起来，看着妻子，"爸爸是对的。为什么我们要离开？我们没有做错什么。"

"但这些传言。"埃洛伊萨说，"想想皮亚被关进劳工营……"

"这难道不比她在瑞士饿死要好吗？"

"哦，我的天哪。我不知道我们该怎么办了。"

但布鲁诺知道。这是他的家，尽管他很少坚持己见，但这次他清楚地表明自己不会退却："我不会离开我为之努力的一切。我的店在这里，我的客户在这里，而洛伦佐有他的学生。只要我们在一起，一切都能解决的。"

阿尔贝托把一只手放在女婿的肩膀上说："很好，我们达成一致了，我们留下来。"

巴尔博尼叹了口气："我知道让你们离开这个国家的建议很极端，但我必须要说出心里话。如果事件进展加速，如果情况突然变糟糕，你们可能会没有机会离开了。"他在桌前站了起来，"对于我带来的这些消息，我很难过，我的朋友。但我想让你先做好思想准备，而不是从其他人那儿听到这个消息。"

他又看了看洛伦佐，"来，年轻人，和我一起去散散步。让我们讨论一下你和劳拉的二重奏要怎么办。"

洛伦佐跟着他到了外面，但在他们朝运河去的这段路上，这位教授没有说任何话。他看上去在深思，两只手紧扣在背后，眉头紧皱。

"我也不想离开意大利。"洛伦佐说。

巴尔博尼用心烦意乱的眼神看了他一眼，好像惊讶他依然在自己身边："不，你当然不想。没有人想离开自己的根。我也不希望你说想离开。"

"但你在建议我们离开。"

巴尔博尼教授在一条狭窄的街道上停了下来，面对着他，说："你是个头脑冷静的男孩，洛伦佐。你不像你的哥哥马尔科，我害怕马尔科会做出一些轻率的事，给你们带来灾难。你的外公对你的评价一直非常高。我也认为你肯定会成为一名伟大的音乐家，一个优秀的男人。这也是我为什么急切地想要你注意周围所发生的事。不管你的哥哥有什么错误，但他至少注意到了时局的变化。而你，也应该注意到了。"

"变化？"

"你是否注意到，现在所有的报纸都用一种声音在说话，而这声音正是针对犹太人的？这种趋势是花了几年的时间逐步建立起来的。这里的每一位报纸编辑都有一份官方通报。这一切很有可能蓄谋已久。"

"外公说这些只是一些无知的人弄出来的噪音。"

"你要注意这些无知的人，洛伦佐。他们是你们最危险的敌人，因为他们无处不在。"

在接下来的两个周三，洛伦佐都去练习，但都没有再讨论这些事。这两次洛伦佐都留下来享用了晚餐，不过内容也仅限于他们最近听说的有关音乐的事。比如洛伦佐对于肖斯塔科维奇有什么想法？大家是否都要去看新出的由维多里奥·狄西嘉主演的音乐喜剧？表达对制琴大师奥莱斯特·肯蒂去世消息的悲伤之情。他们都尽力避免讨论那团正在聚集于他们头上的阴云，不断地讨论一些有趣而又无关紧要的琐事。

不过这个主题依然潜伏于房间，如同艾达阴沉的脸一样笼罩着未来。艾达总是安静地进出房间，更换着菜碟，清理着桌面。洛伦佐想要知道为什么巴尔博尼家要留着这样一个不友好的女人。

在劳拉出生以前，巴尔博尼就已经雇用了艾达，作为劳拉母亲的私人女仆，而劳拉的母亲大约在十年前死于血癌。也许在经过这么多年以后，巴尔博尼教授和他的女儿已经习惯了她那冰冷如石的脸，犹如有畸形足或坏膝盖的人在残疾的状态下学会生活。

在正式比赛的三天前，洛伦佐在巴尔博尼家享用了最后一次晚餐。

他们最后一次完整的演奏堪称完美，以至于教授都猛地站起来鼓掌。"精彩绝伦的二重奏！"他宣称，"你们的乐器就像两个紧密结合的灵魂，合而为一。我们何不在今晚庆祝一下你们两人的胜利？我会开一瓶特殊的葡萄酒。"

"我们还没得奖呢，爸爸。"劳拉说。

"那只是个形式。事实上你们已经把名字写在获奖证书上了。"他将葡萄酒倒进了酒杯，递给了女儿和洛伦佐，"如果你们两个都能演奏得像今晚一样，你们不可能输的。"他眼光闪烁，"我知道的，因为我听过其他参赛者的演奏。"

"他们演奏得怎么样，爸爸？你什么时候听的？"劳拉问道。

"今天，在学院。维托里教授在教一些其他的二重奏参赛人员，在他们演奏的时候，我就在练习室的外面。"

"卑鄙的爸爸！"

"怎么，难道要我捂住耳朵不听？他们演奏得那么响，我能听见每个音符，都那么的刺耳。"他说着举起酒杯，"来，让我们干一杯。"

"为了奖项。"劳拉说。

"为了公正的评委！"她的父亲说。

劳拉望着洛伦佐。

洛伦佐从来没见过那么漂亮的劳拉，葡萄酒在她脸上染了层红晕，在灯光下，她的头发犹如黄金般绚烂，她问洛伦佐："你要为什么而干杯？"

"为了你，劳拉。"他想道，"为了我们一起度过的每个神圣瞬间。"

他举起玻璃杯，说："为了音乐，是它使我们相遇。"

从巴尔博尼家出来，洛伦佐在门口停了一下，深深地吸了一口夜晚潮湿的空气。徘徊在冷夜里，他听见运河中传来波浪声。他想要铭记这个夜晚，这个时刻。这是他最后一次拜访他们家，但他还没有做好结束一切的心理准备。对未来他还能期待什么？现在他已经无法进入威尼斯东方大学，他所能预见的未来就是永远待在父亲的工作室内，打磨、雕刻木头，为其他的乐手制作乐器。他会在昏暗而满是灰尘的空间内慢慢变老，变成像他父亲布鲁诺这样的人，而且是充满怨恨痛苦的布鲁诺，而劳拉的生活将会继续。劳拉将会进入大学，成为快乐的学生，参加各种派对、音乐会，观看许多电影。

还会有许多年轻男人围绕在她周围，希望获得她的垂青。他们会看着她的微笑，听着她的音乐与笑声，为之倾倒。她则可能与其中之一相爱，结婚生子，并忘记多年以前的这些周三下午，这段他的小提琴与她的大提琴完美合奏的甜蜜时光。

"接下来会发生一些不太好的事，你肯定知道的。"

洛伦佐被突如其来的声音吓了一跳，猛地转过身，以致小提琴盒子被墙刮了一下。在街道阴影之中潜伏着的是艾达，在路灯的照耀下他可以看见她的脸。

"结束吧。"艾达说，"告诉她你不能参加比赛。"

"你想要我退出？我要用什么理由跟她说？"

"任何理由都可以，用用你的脑子。"

"我们已经练习了几个月，已经准备好演奏。为什么要我现在退出？"

她的回答非常轻，带着威胁的语调："如果你不退出，肯定会招来恶果。"

他突然笑了起来，他已经受够了这个魔鬼一样的女人，总是在暗处愁眉不展，为每一个他与劳拉所度过的夜晚蒙上阴影。

"你是在威胁我？"

"如果你还有理智的话，如果你还关心她的话，你就应该这样做。"

"你以为我这样做是为了什么？这是为了她。"

"那么你现在就离开，在你把她推进危险的水中之前。她是天真的，她根本不知道发生了什么。"

"那么你知道？"

"我认识一些人，他们告诉了我一些事。"

他突然用理解的眼神盯着她："你也是黑衫党的一员，对不对？是他们让你恐吓犹太人离开的对吧？想让我像老鼠一样地逃离，对吧？"

"你什么都不明白，年轻人。"

"不，我明白。我实在太明白了，但这阻止不了我。"

在他离开的时候，他能感受到背后炽热的目光，炽热如拨火棍。怒火推动着他，让他以极快的脚步离开了多尔索杜罗区。艾达让他远离劳拉的警告产生了相反的效果，他决定绝不退出比赛。不，他将为比赛竭尽全力，为劳拉竭尽全力。这也是数月以来马尔科所愤怒的，马尔科认为犹太人应毫不退却，他们需要并紧握他们作为一个忠于国家的意大利人的权利。为什么他之前从来没有注意到？

躺在床上，焦虑的情绪使得洛伦佐无法入眠，他脑海中只想要胜利。难道还有比在比赛中获得优胜更好的反击？这可以证明威尼斯东方大学拒绝了意大利最好的学生的入学，这难道不是威尼斯东方大学自己的损失吗？没错，这就是战斗的方式，不是像阿尔贝托所建议的向报纸写无用的信，也不是像马尔科所说的游行与抗议。不，最好的战斗方式应是更努力地工作，爬到比任何人都高的地方，证明你的价值，然后尊敬就会随之而来。

他和劳拉必须要在舞台上闪耀，以无可争议的姿态夺得奖项。这就是我们应有的战斗方式。这就是我们获得胜利的方式。

第八章

劳拉的绸缎礼服一开始看上去是如此的黑，以至于在这条阴暗的通道上，他所能分辨出的只是一点儿微光。然后，她从黑夜中显现，突然站在那儿，在路灯的照耀下熠熠生辉。她金色的头发被理到一边，如同黄金瀑布一般，肩膀上披着天鹅绒的披肩。她的父亲带着她的大提琴盒子，穿着黑色西装与领结，看上去非常优雅，但洛伦佐的目光只在劳拉身上，绸缎礼服华美异常。

　　"你在这里等我们？"她问道。

　　"礼堂实在太挤了，几乎座无虚席。外公想让我告诉你他为你留了座位，教授。在左边第四排。"

　　"谢谢你，洛伦佐。"巴尔博尼教授上下打量了一下他，点头赞许说，"你们两个在舞台上将会很成功，现在，赶紧上场吧。寒冷的天气对你们的乐器不太好。"他将大提琴递给女儿，"记住，在第一小节不要抢拍。不要让你们的紧张影响节奏。"

"好的，爸爸，我们会记住的。"劳拉说，"现在你最好去找你的座位。"

巴尔博尼给了女儿一个吻："好运，你们两个！"说完，他就朝观众席走去。

劳拉和洛伦佐在通道的灯下沉默地站了好一阵子，互相盯着对方。

"你今晚真漂亮。"他说。

"只是今晚？"

"我是说……"

她笑了起来，将两根手指按在他的嘴唇上："安静，我知道你的意思。你今天也非常帅气。"

"劳拉，哪怕我们没有赢，哪怕上台后一切都搞砸了，都没关系。在过去我们度过的这段时间，我们所演奏的音乐，一切我都会永远记住的。"

"为什么你说得今晚好像是所有事的终点？这仅仅是个开始。而我们将从胜利开始。"

仅仅是开始。当他们进入后台入口后，他允许自己幻想着自己与劳拉的未来。他想象着，在未来的许多夜晚，他们俩带着乐器参加各种音乐会，在罗马！在巴黎！在伦敦！他幻想着在多年之后，当她的头发变成银色，脸上布满岁月的痕迹，但她永远，永远那么美丽。在更完美的未来，他们是否能复现在这个时刻，两人一起不断地踏上不同的舞台？

乐器调整音调所发出的声音引领他们来到了休息室，许多其他的参赛者都聚集在这里。突然，他们都停了下来，一切归于安静，转向头望着他们俩。

劳拉拿下披肩，打开了大提琴盒子。无视他人的目光，和令人不安的安静，给自己的琴弓上了松香，调整着音调。当有位穿着正式的男人穿过房间径直走向她的时候，她甚至没有抬头看一眼。

"巴尔博尼小姐，我能和你说句话吗？"这个男人低语说。

"也许等下可以，阿尔菲耶里先生。"她说，"现在，我和我的小提琴手需要热身。"

"我恐怕……情况有些复杂。"

"有吗？"

这个男人避免去看洛伦佐，说："也许是的，如果可能的话我们能单独谈谈吗？"

"你可以现在在这里说。"

"我不想把这里变成让人不快的地方。你肯定知道最近政府政策出现了一些变化。这比赛现在只对意大利人种的乐手开放。"他鬼鬼祟祟地瞥了洛伦佐一眼，"你们已经没有资格参加了。"

"但我们在节目单上。"她从大提琴盒中拿出一张表单,"这在一个月前就宣布了,我们的名字就在这儿,被安排在第二个出场。"

"安排已经变了,事情就是这样。"说完他就转身离开了。

"不,没有变。"她叫道,声音大到能让房间内的每一个人都听到。他们看见她放下大提琴,追着那个男人穿过房间,"你给的理由并不足以说明为什么我们不能参赛。"

"我已经给你说明了原因。"

"这个原因太可笑了。"

"这是委员会的决定。"

"什么?你们的委员会?"劳拉发出刺耳的笑声,"我们已经被安排要进行一场二重奏,阿尔菲耶里先生。我们有权利进行演奏。现在,请不要打扰我们,我和我的小提琴手需要热身了。"说完她转身离开,回到洛伦佐的身边,她的目光直视前方,抬头挺胸。她的眼睛如钻石般闪耀,脸上带着红霞。其他的乐手赶紧让出了路,避免被这样强大的气场触及。

"让我们调整音调吧。"她命令说。

"劳拉,这可能会给你带来麻烦……"洛伦佐说。

"你想要演奏还是不想?"她猛然打断说,这是她掷向他的挑战,她完全不明白他在害怕什么。她是否想过这样做的后果?或者说她是如此好胜,以致根本不在乎这会带来的风险?不管是否危险,他都必须要站在她身边，他们必须要无畏地站在一起。

他打开了盒子，拿出了拉迪亚诺拉，举起小提琴抵在下颌，与乐器的触碰让他感到安心。拉迪亚诺拉从来没有让他失望过，只要演奏得当，她就会发出美妙的声音。在有回音的休息室里，她温柔的声音高鸣着，吸引着其他乐手的目光。

阿尔菲耶里先生的声音传来："皮雷利和盖达！你们是第一个上，现在就上台去。"

所有人都安静了下来，看着第一对上场的选手拿起乐器，朝阶梯走去。

抚摸着手中的拉迪亚诺拉，洛伦佐感受到了她的温暖，那木头如同人类的血肉般。他看着劳拉，但她的注意力完全集中在头顶传来的掌声之中。然后掌声渐消，随之而来的是模糊不清的大提琴声，声音通过木质舞台的共鸣传导下来。她专心地听着音乐，头微微扬起，演奏者糟糕的演奏让她嘴角上扬，露出了微笑。她就像他一样渴望胜利。如果对手都是第一组二重奏这样的水平，他和劳拉怎么可能不会赢？他拨弄着指板，耐心地等待上场。

当第一对选手结束演奏时，掌声再次响起。

"到我们了，上吧。"劳拉说。

"停下！"阿尔菲耶里先生对着正向楼梯走去的他们喊道，"你们不能上去！你们并不在安排之中！"

"别管他。"劳拉说。

"巴尔博尼小姐，我警告你马上停下！"

这时第一对选手已经回来，劳拉与洛伦佐从他们身边走过，出现在舞台耀眼的灯光下。灯光闪耀着洛伦佐的眼睛，让他无法看清观众，只能听见他们散乱的掌声，而且掌声很快就消失了，只留下他与劳拉站在聚光灯下，一片寂静。没有官方人员出来介绍他们。没有人宣布他们的名字。

劳拉走向大提琴手的椅子，高跟鞋踏着木质舞台发出轻响。在她坐下的时候，椅子与地板摩擦发出了一阵响声。快速地，她把礼服边整理好，并把大提琴的琴脚放入支撑点。摆上琴弓后，她把脸转向洛伦佐并投以微笑。

他忘记了眼前正有数百人在看着他们。在那一刻，他眼里只有她，而她眼里也只有他。

在他们互相对视的时候，洛伦佐架起了琴弓。他们彼此深刻地相知，无须言语，也不需要点头来开始演奏的倒数。凭借乐手的直觉，他们知道拉动琴弦的精确时刻。这是他们的世界——只有他们的世界，舞台灯光就是他们的太阳，G大调就是他们的语言，他们的音符是如此合拍，仿佛他们的心跳都在一个节拍上！

当他们的琴弓在最后一个音符上停止时，他们依然在望着彼此，甚至在音乐消散，一切归于沉寂之后，依然望着彼此。

先是某处某个人鼓起了掌，然后又一个人跟着鼓起了掌，并喊道："太棒了！太棒了！"毫无疑问，这是巴尔博尼教授的喊声。

在舞台的灯光下，他们俩紧紧地抱在了一起，为了他们天衣无缝的完美演奏而激动、欢笑。他们带着乐器与笑容下了楼梯，沉溺于凯旋的快乐之中，没有注意到休息室中等待上场的人是多么安静。

"巴尔博尼小姐，"阿尔菲耶里先生出现在他们身前，脸上满是冰冷与忐忑不安的表情，"你和你的搭档必须马上离开这里。"

"为什么？"劳拉说。

"这是委员会的命令。"

"但比赛结果还没有公布。"

"你们并不是官方参赛者，你们不可能获奖。"

洛伦佐说："你刚刚听了我们的演奏，所有人都听到了，你不能假装没有发生过。"

"从官方意义上说，没有发生过。"阿尔菲耶里把一张表单放在洛伦佐的面前，"这是最新的规则，在昨天由委员会颁布。因为九月颁布的法令，你们这类人可能无法进入这所或意大利的任何一所大学。因为这场比赛是由威尼斯东方大学赞助的，因此你是不能参加的。"

"我不是犹太人。"劳拉说。

"你也失去了资格，巴尔博尼小姐。"

"仅仅因为我的搭档是犹太人？"

"没错。"

"所有参赛选手中，没有人的小提琴拉得比他还好。"

"我仅仅是在按章办事。"

"你应置疑这些章程。"

"规则就是规则，你们违反了它，强行登台，实在是糟糕透顶。你们俩必须马上离开这里。"

"我们不会离开。"劳拉说。

阿尔菲耶里转身面向两个站在他背后的人，命令道："请他们出去。"

劳拉转向了其他安静听着的参赛者，说："我们俩和你们一样，都是乐手！这种事公平吗？你们知道这是有问题的！"

阿尔菲耶里的一个手下抓住了她的手臂，开始将她向出口拽去。

看着粗野的手拉着劳拉，洛伦佐心中怒火惊起，猛然将这男人扭到一边，抵在墙上。

"别碰她！"

"动物！"阿尔菲耶里先生叫道，"你们看，他们就是群肮脏的动物！"

一只手臂圈住洛伦佐的喉咙，将他拉开，然后紧接着又是一拳击中了他的腹部。劳拉尖叫着让这两个男人停止，但他们继续击打着他的肋骨，而他能听到体内令人可怕的骨头断裂声。在他们拉着他出房间的时候，还撞倒了好几个乐谱架。

　　他被丢了出去，脸朝下撞到了路面。血液从嘴里渗出来，他听见自己肺部的喘息声，仿佛在努力挣扎着呼吸。

　　"哦，上帝。哦，上帝啊！"劳拉在他旁边跪了下来，使他触碰到了她柔顺的头发，在她将他翻过身来的时候盖在了他的脸上，他闻到了一阵芬芳，"都怪我，我不应该和他们吵的！对不起，洛伦佐，对不起。"

　　"别，劳拉。"他咳嗽着坐起身来，感到整个通道都在旋转。血液正在流出，黑如墨水，滴在他的白衬衫上，"永远别为做了正确的事去道歉。"

　　"是我在和他们争吵，但受罚的是你。我太蠢了，对我来说，和他们争吵并不是难事，但我并不是犹太人。"

　　她所说的事实像是又一记重拳打向了他，一记直击心脏的重拳。她并不是犹太人，他们之间的距离是如此遥远。他坐着，血液从他的下巴滴落，就像温热的眼泪。他希望劳拉离开，现在就离开。

　　后台入口的门"吱呀"地打开了，他听见有人有些犹豫的脚步声。是房间内的一名乐手。

"我把你们的乐器拿出来了。"这个年轻的男人说着，轻轻地把小提琴与大提琴的盒子放下，"我想确保它们被送回给你们。"

"谢谢你。"劳拉说。

年轻男人看了看后台入口，又看了看他们："这是错的，他们所做的事，一点儿都不公平。但我又能做什么呢？我们又能做些什么呢？"随着一声叹气，他离开了。

"懦夫。"劳拉说。

"但他是对的。"洛伦佐挣扎着站起来，但并不稳，努力地对抗着眩晕感。他的头脑非常清醒，清楚地看清了一切，一切都是那么让人心碎。这就是世界的现状。劳拉拒绝承认，但他已看清了充满痛苦的现实。

他拿起小提琴："我要回家了。"

"你受伤了。"她扶着他的胳膊，"我送你回去吧。"

"别，劳拉。"他把她推开了，"别。"

"我只是想帮你！"

"这不是你能帮忙的，你只会因此受伤。"他苦笑着说，"而且我可能会害死你。"

"我不知道会变成这样。"她说，声音有些沙哑，"我真的认为我们今晚应当获胜的。"

"我们应当获胜，在这舞台上没有人能比得上我们，没有人。但我毁了你本来会获胜的可能，是我害了你，劳拉。我不会让这样的事再次发生。"

"洛伦佐。"劳拉对着正在离开的洛伦佐喊道，但他并没有因此停下。他继续前行，拿起小提琴盒子，紧紧地抓住，以致手指都有些麻木了。他转过拐角，背后她的声音还在传来，呼唤着的是他的名字，声音在建筑内回荡，然后变得支离破碎。

当他到家时，里面空无一人，其他人依然在比赛现场。他脱下了弄脏的衬衫，清洗了脸，脸盆里全是血水，在排掉时形成一个漩涡。通过镜子，他可以看见自己脸上的肿胀与瘀青。这就是抵抗的代价，他想，而劳拉则见证了这整个令人羞耻的过程。她看见他被打倒，目睹了他的软弱无力。他低下头，握紧拳头，将口中含血的唾液吐到脸盆中。

"现在，你明白这个世界变成什么样了吧？"马尔科说。

洛伦佐抬起头，看见镜子中哥哥正站在他的背后。

"让我静静。"

"这几个月我一直在说，但你们都不听。爸爸，外公，没有一个人听，没有人相信我。"

"哪怕我们相信你，我们又能做些什么呢？"

"反击。"

洛伦佐转过身，面对着马尔科："你认为我没试过吗？"

马尔科哼了一下，说："难以置信，你还活在童话里，兄弟。在过去几个月，我给出了所有的线索，但你拒绝正视它们，反而沉溺于你那有些浪漫的白日梦里。你和劳拉·巴尔博尼？你真的认为这有可能吗？"

"闭嘴。"

"哦，她很漂亮，没错，我能看见她的魅力。她可能也有些喜欢你，你也可能曾想过我们家族会同意你们的婚姻。"

"闭嘴。"

"但也许你没有注意到，这可能是违法的。你没有看见大议会所颁布的最新公告吗？他们制定了新的法律，禁止了异族通婚。一切都变了，但你一无所知。当你周围的世界在崩塌的时候，你却因沉溺于音乐与劳拉，对这一切视而不见。如果你真的在乎她，那就忘掉她。否则，你们两个都会因此受伤。"马尔科将一只大手放在了他的肩膀上，"理智些，忘掉她。"

洛伦佐擦掉突然涌现的泪水。他想要把马尔科的手甩到一边，想让他滚开，因为理智的建议并不是他想要听的。到目前为止，马尔科所说的一切都是真的。劳拉是他遥不可及的，所有的事对他来说都是遥不可及的。

“我们还有一条出路。”马尔科平静地说。

“什么意思？”

马尔科的声音变得低落：“我们离开意大利，其他家庭也都在离开。你也听巴尔博尼说了，我们应该移民。”

“爸爸不会离开的。”

“那就不带上他，不带上他们任何人。他们被过去束缚住了，他们永远不会改变。但你和我，我们可以一起去西班牙。”

“扔下他们？你难道要和爸爸妈妈说再见，头也不回地走掉？”洛伦佐摇了摇头，“你怎么能这样想？”

“因为，如果他们对所发生的事视而不见的话，我们就只能这样离开。”

“我永远不会这样做……”响亮的关门声打断了他。

妹妹叫道：“洛伦佐？洛伦佐？”皮亚跑进来，抱住洛伦佐：“他们告诉我你发生什么事了！可怜的哥哥，他们怎么可以这么坏？你伤得严重吗？你没事吧？”

“我很好，小皮亚。只要你在这儿照顾我，我就会马上好的。”他弯曲手臂，也抱住了她，抱她的时候，他看见了哥哥的凝视。

看着她，看着马尔科，好似在问，你离开意大利的时候会扔下她吗？

你会扔下你的妹妹吗？

一

第九章

一间又一间候诊室……自从我的女儿用玻璃刺伤了我后，我们的生活变样了。莉莉和我坐在不同医生办公室的沙发上，等待护士叫号儿。一开始，我们去见了她的儿科医生，谢里医生，他认为我的女儿可能有些大脑紊乱的问题。

　　然后在另外一个下午，我们又去见了儿科神经学家，萨拉查医生，问了一些我曾反复回答过的问题。莉莉是否有过高热惊厥？她是否曾摔倒并失去知觉？她是否曾遭遇过某些意外，比如撞到脑袋？没有，没有，还是没有。

　　就在没有人认为我需要一个心理医生而让我感到释然的时候，另外一个可能却让我感觉更加害怕，即我的女儿大脑可能存在着问题，一个让我两度抓狂的可能。才三岁，但她已经杀了我们的猫，还刺伤了我的腿。如果她长到了八岁，她将有能力做什么事呢？

萨拉查医生让我们去做一系列新的检查，这使得我们又在许多候诊室外等待。莉莉做了 X 光，结果为正常，血液检查，也正常，最后还测了脑电图。

毫无结果。

"脑电图有时也会漏掉一些问题，如果一些反常的脑电波只出现在亚皮层区域的话。"在一个周五下午我们去萨拉查医生办公室的时候，他对我们说。

这是漫长的一天，我很难把精力集中在他对我所说的话上。我不认为我是一个愚蠢的女人，但真的，他刚刚到底说了些什么鬼？莉莉在候诊室外由瓦珥陪着，通过紧闭的门我可以听见女儿在呼唤我，这使得我更加分心。由于罗伯没有站在我一边，因此我对他有些恼火。撞了咖啡桌的脑袋依然肿胀，疼痛难忍。而现在这个医生没有在用直白易懂的英语和我说话。

他所说的单词听上去就好像是外语，说是可能存在神经发育缺陷，还有一些诸如灰质异位症、神经成像技术、皮质脑电活动、复杂性部分发作型癫痫这样的名词。

而其中最后一个词"癫痫"一说出，就立刻让我神经为之一跳："等一下。"我插嘴说，"你是说莉莉可能患有癫痫？"

"尽管她的脑电图显示非常正常，但这两次事件依然有可能是因为癫痫所引起的大脑失控所致。"

"但她从来没有抽搐过，我从来没看见过。"

"我并不是在说通常所见的强直阵挛性癫痫，就是那种你会不省人事、四肢颤抖的类型。而是说，她的行为可能是一种癫痫的症状。有一些类型的癫痫我们称为部分发作型癫痫，缩写为CPS（Complex Partial Seizures）。这种病很容易被误诊为精神疾病，因为这种患者在发病的时候是清醒的，甚至还能做出一些复杂的行动。比如，他们会重复一系列的行为，又比如他们会转圈，或用力拉他们的衣服。"

"或者去刺某人。"

他停了一下，说："是的，那也可以认为是一种复杂行为的重复。"

一段记忆突然撞向我，血液从我的脚上流下，以及平淡又呆板的声音"伤害妈妈"，一遍又一遍地念着，我默默地又念了一遍。

"什么？"

"在她刺了我之后，她一直在说两个词，就是'伤害妈妈'，一次又一次地重复。"

他点点头："这可以算作是一种重复的行为。因为这些患者完全不知道他们自己的情况，所以他们可能会处于危险的状态。他们可能会跑到车流中，或从窗户爬出去。而当他们的癫痫结束，他们对于所发生的一切都不会有记忆。在他们看来，这一段时间突然就这么消失了。"

"那是说她无法自控？她并不是有意伤害某人的？"

"没错，如果真的是这种癫痫的话。"

女儿可能有癫痫，但我居然感到一种释然，多么奇怪的感觉。但这的确是我现在感觉的精确描述，因为它对过去几周内所发生的事给出了解释。这意味着莉莉并不能控制自己，这意味着我可爱的女儿依然是我一直所爱着的那个女儿，我并不需要害怕她。

"这能治吗？"我问，"是否有治愈的方法？"

"可能无法治愈，但癫痫是能控制的，我们有许多抗痉挛的药物可供选择。但我们也不用太操之过急。我依然不太确定她行为的原因。我还需要再做一项检查，一种叫作"脑磁图描记术"的检查，缩写为MEG（Magnetoencephalography）。这种检查能对脑内发出的极其微弱的生物磁场信号加以测定和描记。"

"这和EEG有什么不同？"

"相比EEG，MEG更加敏感，能获得EEG错过的信息，对大脑扫描也更加有深度。在做这个检查的时候，患者坐在椅子上，戴上某种头盔。哪怕是她做出一些微小的动作，我们都能记录相关的电波。我们会对其进行不同的刺激，看她大脑的活动变化。"

"什么样的刺激？"

"根据你女儿的情况，应该是听觉方面的刺激。你说过她两次过激的行为，都是在你拉一首特别的曲子的时候出现的，那首旋律非常快的曲子。"

"你认为是这首曲子引发癫痫的？"

"理论上有这种可能。根据我们所知，视觉刺激能引发癫痫，比如强烈的光或反复的闪光。莉莉的大脑可能对一定频率的音符或特定的音符组合特别敏感。我们将会播放这首曲子给她听，并同时观察她大脑的活动，看我们是否能把她激进的行为诱导出来。"

他所给出的建议听起来逻辑上非常完美，因此必须试试。但这也意味着一定要有人对"Incendio"这首曲子进行录音，但演奏这些音符的想法让我感觉恐惧。一想到这首曲子，我就会想到血光与痛楚，我永远不想再次听到这首曲子。

"我会安排时间，接下来这个周三做MEG。但在此之前，我们需要那首曲子的录音。"他说。

"但没有任何录音，至少，我不认为有。这是首手写的谱子，我从一家古董店里买来的。"

"那你为什么不自己演奏一次并录音呢？你可以用电子邮件把录音文件发给我。"

"我不能，我是说……"我做了一次深呼吸，"我无法完全演奏这首曲子，它的难度太高了。但我可以请求我的朋友格尔达来录音，她在我们的四重奏乐团担任第一小提琴手。"

"很好，那就请她在周二的时候用电子邮件将录音发来吧。然后在周三上午八点，把莉莉带来。"他笑着说，合上了莉莉的图表，"我知道这段时间对你来说很艰难，安斯德尔太太。我希望这次检查能给我们一个答案。"

第十章

到了检查那天，罗伯也来了，这让我有些不快。在过去这段时间，我一个人面对了所有事情，一个人开车，一个人带莉莉候诊，带着她进出医生的办公室与实验室。但现在，到了重要关头的时候，罗伯终于决定来了。在MEG技术员带我们女儿进入隔壁的房间进行测试的时候，罗伯和我则在候诊区丑陋的格子花纹沙发上坐着。

　　尽管我们两个人就坐在一起，但我们的手并没有握在一起，我们甚至没有触碰。我打开一份妇女杂志放在咖啡桌上，但因为太紧张而根本读不下去，因此我只能漫无目的地翻着，看一些由光鲜皮革所做的钱包、高跟鞋，以及一些拥有着完美皮肤的模特照片。

　　"至少我们知道这是可以治疗的。"罗伯说，"如果一种抗痉挛药无效，我们还可以试另外一种，总会有一个有效的。"理所当然地，他研究了所有的药。我的丈夫将癫痫药的资料打印了出来并装订成册，研究它们的剂量及副作用。现在他已经知道莉莉的问题所在，他准备像大多数男人会做的那样去处理它，"如果没有一种药物起作用的话，我们还可以试试神经外科的方法。"他补了一句，好像这是一个能安慰人的消息。

"他们甚至还没有做出诊断。"我打断说，"不要说什么手术。"

"好的，对不起。"最后，他握住了我的手，"你感觉还好吗，朱莉娅？"

"我又不是病人，你为什么要问我？"

"谢里医生和我说当一个孩子生病时，这整个家庭所有人都会变成病人。我知道这已经让你非常艰难。"

"对你而言难道不是吗？"

"你已经对这件事忍受了太多，这些天，你睡不好，吃不下。你是否想过和别人谈谈心会让你感觉好一点儿？迈克尔推荐了一位精神科医师，她是位女医生，精通于……"

"等一下，你是想让那些医生看我？"

他耸了耸肩："只是让你们谈谈话，迈克尔问过你和莉莉在做什么。"

"我希望你没有告诉他所有那些丢脸的细节。"我把手从他的手中抽了回来，按摩着我的脑袋，这谈话让我感到头疼，"然后，你的同事现在认为我需要精神科医师？"

"朱莉娅。"他叹了口气，手臂抱住我的肩膀，"所有的事都会变好的，好吗？不管发生了什么事，也不管检查结果是什么，我们都应该一起想办法。"

门开了，我们两个都站了起来，看着萨拉查医生向我们走来。"作为患者，莉莉非常乖巧。"他面带微笑地说，"技术员给了她一些玩具，她正忙着玩呢，我们来讨论一下结果吧。"

他面对着我们坐了下来，我尝试解读他的表情，但所能看到的只是温和的微笑，根本猜不出他想告诉我们什么。

"在检查中，我们对她做了多种刺激，包括视觉与听觉方面的。闪光灯，不同的声音。响亮的，轻柔的，高频率的，低频率的。但都没有引出任何癫痫的症状。她的大脑动作及反应都非常的正常。"

"你是说她并没有癫痫问题？"罗伯问。

"是的，根据检查结果，我确定她没有癫痫性脑失控。"

我感觉自己像是在坐过山车一样难受。之前我已经接受了莉莉之所以有这样的行为是因为患了癫痫，而现在我无法对这一切做出解释，这结果可能比癫痫更糟，因为这又退回到莉莉是猫的杀手，是刺伤妈妈的人。这个怪物吟唱着伤害妈妈、伤害妈妈，把玻璃刺进了我的腿中。

"现在，我认为没必要再做任何检查了。"萨拉查医生说，"我想莉莉是一个非常正常的女孩。"

"但怎么解释她的行为？"我问。是的，这烦人的小问题将我们带到这里。

"现在我们已经排除了神经病学上的不正常，接下来你们可以尝试去找一下儿童精神科医生。"萨拉查医生说，"她还小，但她的行为非常值得注意，哪怕她才只有三岁。"

"在检查的时候，你是否做了所有尝试？你是否播放了华尔兹给她听？我知道格尔达把录音发给你了。"

"是的，我们放了。这是首优美的曲子，而且，令人印象深刻。我们将整首曲子放了三次，莉莉用耳机听的。我们看到了在她的右侧前额叶及顶叶皮层的脑电波活动变得更加活跃了。"

"这意味着什么？"

"大脑的这部分是与长期听觉记忆相关的。当你第一次听到某种声音的时候，比如某条由随机音符组成的声音，或许这种记忆只会在你的脑海里停留几秒钟。但如果你反复听到它，或者它具有重要的个人意义，那么，它就会被海马体和大脑边缘系统记住并加以应用。这些声音还会被赋予情绪标签，被贮藏在大脑皮质。因为它已经被贮藏在了莉莉的长期记忆里，所以我们可以得出明确的结论，莉莉在此前已经听过许多次这首华尔兹了。"

"但她并没有听过很多次。"我有些迷惑，看了看罗伯，又看了看萨拉查医生，"我只为她拉了两次。"

"哪怕在子宫内，胎儿也会对声音与音乐在脑内进行记忆。她可能在你怀孕的时候听过。"

"但我几周前才得到这首曲子。"

"那也有可能她在其他地方听过，比如可能在幼儿园？"

"这首曲子并没有出版过。"面对我烦乱的话语，萨拉查医生和罗伯平静得让人恼火，"我并不认为其他任何地方有这首曲子的录音。这怎么可能会成为她的长期记忆呢？"

萨拉查医生伸过手来拍了拍我的手："你不需要对这太过担忧，安斯德尔太太。"他用好像一切尽在掌握中的语气安慰我，"你是专业的乐手，因此你对声音的反应可能和普通人不一样。如果我对你弹奏一段新的曲调，我确信你可以马上掌握。甚至到了下个月你可能还记得，因为你的大脑已经直接将其视为长期记忆。而你这种出色的能力也可能已传给了你的女儿。另外，你的丈夫又非常擅长数学。"萨拉查医生看着罗伯说，"数学和音乐的能力在大脑中看起来有着非常强烈的联系。小孩们如果在童年时期学习过音乐与演奏乐器的话，他们经常在数学上也能展现出天赋。因此你们给予莉莉的基因是十分优秀的。"

"这给我的感觉非常完美。"罗伯说。

"我曾读过莫扎特的传记，上面说他只要听过某首曲子一次，就能把它写下来。他是真正的音乐天才，而你的女儿也明显有这方面的天赋，就像你一样。"

但我的女儿和我不一样。当我第一次哼"Incendio"这首曲子的第一段旋律时，我肯定没有把它记住。而在我三岁女儿的大脑里，这首华尔兹乐曲似乎已成了她永远的记忆，就像很久以前的记忆一般。

我们抱回了我们的小"莫扎特"，拜别了萨拉查医生。在回家的路上，罗伯边开车边开心地笑着。我们发现我们的女儿不但没有癫痫，反而变成了一个金发的音乐天才。他忘记了我们最初来做检查的原因，忘记了我们为什么拜访一名又一名医生，反复做X光与EEGS检查。他也没有察觉我肉体上的痛苦——撞到咖啡桌上所产生的头痛依然在持续着，不时发作。而我大腿上正在愈合的伤口依然悸痛着，尽管上面的线已经拆掉。他的心思已经完全放在他天才的女儿身上，已经忘记了那个无人知晓答案的问题——我的女儿为什么会攻击我？

在回去的路上莉莉睡着了，罗伯将她从座位上抱起，抱上楼的过程中也没有一点儿动静。而我也已经筋疲力尽，在罗伯去工作之后，我放松地躺在床上想要小憩一会儿。但当我闭上眼睛的时候，脑海里全是莉莉的脸，一张看上去和我如此相似的脸。

当然，也十分像我的母亲，那位在我记忆里并没有什么印象的母亲，一位没有人愿意谈起的母亲。

根据瓦珥所说，我的母亲也是位拥有天赋的，能边弹琴边唱歌的乐者。我的父亲当然不是乐者，他唱歌走调，不认识音符，跟不上节奏。如果音乐天赋是某种能被继承的东西，那么我的天赋一定来自我的母亲，然后又通过我，把基因传给了莉莉。那么我是否也把其他我不知道的东西不经意间传给了我女儿呢？

当我从小憩中醒来，我发现太阳已经下落，被挡在树木之后，房间里蒙上了一层阴影。我睡了多久？我知道罗伯已经下班回家，因为我听见从楼下厨房传来的关橱柜的声音。他肯定发现我还在睡，决定开始做晚饭。

我有些无力地爬下床，在房门口朝下喊道："罗伯，冰箱的冷藏室里有些解冻的排骨，你看见了吗？"

楼下，传来锅盖碰撞发出的声响。

我慢慢吞吞地，有些摇晃地走下了楼梯，边走边喊道："我起来了，我来吧，真的不用你弄……"

我的脚突然打滑，我想要抓住栏杆，但脚下已踩空，从楼梯上摔落下来。

当我睁开眼睛的时候，我已经躺在了最后一阶楼梯上。我的手脚还能动，但当我尝试翻身的时候，我的右侧身子传来一阵剧痛，就像被刀刺了一般。疼痛使我流出了眼泪，我尝试将背平躺在地上，却感到有样东西从我脚边滚开，在木质地板上滑过。那是样粉红色的小东西，撞在了几英尺之外的墙上。

是塑料小车，一个玩具。

"罗伯！"我大声喊道。他肯定听到了我从楼梯上摔下来的声音，但为什么他没有反应？他为什么不从厨房里冲出来？

"帮我，罗伯，来帮帮我……"

但罗伯依然没有从厨房中出来。

莉莉走向玩具车，拿起了它，用仿佛科学家的冷静目光，研究着失败的实验。

"是你。"我低语说，"是你做的。"

她看着我，说："妈妈，该起床了。"她说着走进了厨房。

一

第十一章

"她是有意这样做的。她把玩具车放在了第二级楼梯上，我就是踩在上面滑倒的。接着她就在厨房里弄出声音，弄醒我，吸引我下楼。这就是她想要的结果。"

丈夫在尽全力保持表情的自然，他坐在我们的床边，而我枕在枕头上，因为维柯丁（一种止痛药）的药效，我有些无力。我的骨头并没有裂，但非常痛，一动弹则更疼。他并没有看我，而是注意着羽绒被，仿佛无法面对我的目光。我知道我所说的话听起来有些令人难以置信，居然声称一个三岁的小孩在设计谋杀我，但止痛药已让我大脑混乱，让我感觉周围一切的漂浮物都像是有毒的蚊虫。

莉莉正在楼下由我姑妈瓦珥陪着，我听到她的喊声："妈妈，妈妈，来和我玩！"那是我亲爱的女儿的声音，但让我感到不寒而栗。

罗伯不安地叹气说："我会帮你约个心理医生，朱莉娅。我强烈推荐这位心理医生，我想她会帮到你的。"

　　"我不想看心理医生。"

　　"你需要去看下。"

　　"我们的女儿想要杀我，并不是我需要治疗。"

　　"她并没有想要杀你，她才三岁呀。"

　　"你当时没在，你没有看见她研究玩具车的样子，就好像想弄明白为什么会失败，为什么它没有杀死我的原因。"

　　"你难道听不见她现在在叫你吗？那是我们的宝贝女儿，她爱你。"

　　"她一定有问题，她变了，她不再是我们以前的那个宝贝女儿了。"

　　他躺到了床上，握着我的手："朱莉娅，你还记得她出生的那天吗？还记得当初你是如何喜极而泣的吗？你当时夸她是那么的完美，甚至不让护士带她走，因为你离不开她。"

　　我低下了头，想要隐藏脸上滑落的眼泪。是的，我记得我喜极而泣的情景。我记得我当时哪怕自己掉下悬崖，也要保护我的宝贝的心情。

　　他轻轻抚摸着我的头发："她还是个小女孩，朱莉娅，而你爱她，我知道的。"

　　"她不再是以前的那个女孩了，她变成了另外一个人，变成了别的什么东西。"

"别说胡话了，好吗？为什么你现在不睡一觉？当你醒来的时候，你会知道你现在所说的话有多么的疯狂。"

"她不是我的孩子，她已经变了，自从……"我抬起头，尽管维柯丁依然在让我头晕，但这段记忆非常清楚。那个温暖而又闷热的午后，莉莉和我坐在钢琴旁，我的琴弓滑过小提琴琴弦。

就是从那时起，一切都变了，就是从那里起，噩梦开始了，就在我演奏了"Incendio"之后。

我的朋友格尔达住在米尔顿郊区一个非常安静的街道。在我开进她家车道的时候，我看见了她的草帽在飞燕草的花丛中摇摆。当她看见我的时候，她轻松地站了起来。虽然格尔达已经六十五岁且满头银发，但她像年轻人一样敏捷。也许我也应该做些瑜伽，就在我思考的时候，她大步流星地朝我走来，一边脱掉了手套。我的年纪才到她的一半，但我僵硬的背让我感觉自己今天像个老太婆。

"抱歉，我迟到了。"我说，"我必须去趟邮局，但发现那里的人已经排队到门外了。"

"没事，你现在在这里了，这才是最重要的。进来，我刚做了一些新的柠檬水。"

我们走进了她混乱的厨房，在厨房的天花横梁上放着几束散发着芬芳的香草束。在她的冰箱上还放着一个她都不知道从哪里捡来的废弃鸟窝。在窗沿上放着一些她收集的落满灰尘的贝壳与河石。如果罗伯看见了，肯定会说这里的家政存在着危机，但我发现，这里所有乱糟糟的一切让人感觉到一种奇怪的舒适感。

格尔达把装满柠檬水的大水罐从冰箱中拿出来，说："你拿到的信是那家古董店老板寄的吗？"

我把手伸进手提袋，拿出信说："这信是在十天前从罗马寄出的。他的女儿写的。"

就在我啜饮柠檬水的时候，格尔达戴上了眼镜，大声地读着信。

尊敬的安斯德尔太太：

我是代我祖父斯特凡诺·皮托尼在写这封信，因为他并不会英语。我给他看了你发的传真，他还记得卖过那首曲子给你。他说这是几年以前从一个住在卡斯佩里亚的名叫乔瓦尼·卡波比安科的人手里买来的，其中就有Gypsy这本书，还有一些其他的东西。他对"Incendio"这首曲子一无所知，但他会问卡波比安科家的人，如果他们知道这首曲子的作者或这首曲子来源的话。

你诚挚的

安娜·玛丽亚·皮托尼

"在这封信之后，我也没有获得其他什么新消息。"我对格尔达说，"我给那家古董店打电话或留信息已经三次了，但没有人应答。"

"也许他度假去了。也许他还没有机会和那家人谈过。"她迈开脚步，说，"来，我们再来看一下那首华尔兹乐曲。"

我们又走进了她那混乱的练习室，里面有架小型钢琴，因此空间有些拥挤，只够再放下一个书架，两张椅子，及一张咖啡桌。地板上放着好几堆散页乐谱，就像山洞里的石笋。在她的乐谱上放着"Incendio"的复印件，是我在三周之前扫描并用电子邮件传给她的，就是为莉莉做神经检测的那次。这首曲子的谱子仅有两页，但我感觉到了它的力量。就好像它会随时变红飘浮起来一般。

"这是一首非常棒的华尔兹乐曲，但同时也非常难拉。"格尔达说，站在了乐谱架前，"我用了好几个小时才把琶音和那些高音拉好。"

"我一直拉不好。"我承认说，感觉像是认可了所有那些关于第二小提琴手的糟糕玩笑。问题：把一个灯泡转进灯座，需要多少个第二小提琴手？答案：他们根本到不了那么高。

格尔达从盒子中拿出了小提琴，说："这页有个小技巧，在这里，可以提前进入第五和弦。"她边说边示范着，其音符在E弦上极速奔跑。

"你现在不用拉它。"我打断说。

"这样真的可以让接下来的部分变得容易掌控，听着。"

"请停下。"我的声音之尖锐让我有些震惊,我做了一个深呼吸,平静地说,"只告诉我你从这首华尔兹乐曲中发现了什么就够了。"

格尔达皱了皱眉头,放下了小提琴:"怎么了?"

"对不起,听到这首曲子就让我感觉头疼。你能只是讨论一下这首曲子吗?"

"好吧。但首先,我能不能看下原件?"

我打开了手提包,拿出了 *Gypsy* 这本书并翻到了夹着"Incendio"这一页的地方。我甚至不想去碰那张纸,因此把整本书都递给了格尔达。

她把那首华尔兹拿了出来,检查着它那泛黄纸张的正反面。"是用铅笔写的。标准的手写纸,看上去马上要坏了。我没有找到任何水印,除了标题和作曲者 L.托德斯科,没有其他能证明其出处的东西。"她看了我一眼,"我在网上也查过这个名字,但没有找到他的其他曲子。"她眯起眼靠近纸张,仔细地看着,"嗯,这非常有趣。在另一面,有部分音符被擦掉改写了。看上去大概有四小节被重写了。"

"所以他并不是从其他地方抄来这首曲子的。"

"不是,这改动太大了,不可能是抄错了。这肯定是他自己写的,然后又对其进行了修改。"她透过眼镜瞥了我一眼,"你知道的,这可能是这首曲子现存的唯一的谱子,因为它之前从来没有被录过音。"

"你怎么知道它没有被录过音呢？"

"因为我复印了一份发给了音乐学校的保罗·弗罗利希。他用了所有他知道的识别程序对其进行了分析，与所有被录过音的曲子进行了对比，但没有任何匹配的结果。所以他对我说，这首华尔兹乐曲从来没有被录过音，而且他也找不到任何其他L.托德斯科公开发表过的曲子。因此我们完全无法知道这首曲子来自何处。"

"那这本*Gypsy*上的曲子又怎么样呢？当初我发现"Incendio"是夹在里面的，它们的拥有者可能是一个人。可能这本书也是L.托德斯科的。"

她打开了这本看上去马上要散掉的收集着不同曲子的书。书的封面贴着十字形的透明胶带，感觉这是维持着它还没有散开的唯一原因。她轻柔地翻到版权页，说："这是意大利的出版物，出版于1921年。"

"在书背面写着些什么东西。"

格尔达将书翻过来，看见了那行用蓝色墨水写的，已经有些褪色的字"11 Calle del Forno, Venezia"。

"这是一个在威尼斯的地址。"格尔达说。

"可能是那名作曲者的地址？"

"这可能是我们搜索的起点。我们应该能把从1921年起在这个地址住过的人的名单都找出来。"她的注意力转到了乐谱架上的那两页纸上，"Incendio，火。我很想知道这个标题意味着什么。"她拿起乐器，在我阻止她之前就开始了演奏。

从她的小提琴发出的第一个音符起，我的恐惧感就油然而生。我的双手开始感到刺痛，每个音符都让我感觉像触电一般，使我的神经为之颤动。在她突然停止演奏，盯着乐谱看的时候，我从她手中夺过了琴弓。

"爱。"她默语道。

"什么？"

"你没有听出来吗？这音乐中的激情与痛苦。在前面，是音乐的引子阶段，如此悲伤与渴望。然后接着，它变得焦虑不安了。音高不断地攀升，音符也越来越密集。我几乎可以想象得出两个狂热的恋人陷入越来越深的绝望之中。"格尔达看着我，"Incendio，我想这是爱的火焰。"

"哦，天哪。"我无力地说，揉着太阳穴，"请别再拉它了。我想我不能再听它了。"

她放下小提琴说："和这首曲子没有关系，对吧？到底发生了什么事，朱莉娅？"

"就是和这首曲子有关。"

"最近你的状态非常糟糕。已经连续两次没有来排练了。"她顿了一下说，"你和罗伯之间出了什么问题了吗？"

我不知道要怎样告诉她，因此沉默了一会儿。格尔达的家中是如此的安静，她独居于此，没有丈夫，没有孩子。在我与一个质疑我精神有问题的男人及一个惊吓到我的女儿一起住在一个屋檐下的时候，只能在屋子中自问自答。

　　"这事和莉莉有关。"我最后说，"她出了一些问题。"

　　"什么问题？"

　　"记得我告诉过你我被刺伤，需要缝合的事吗？"

　　"你说那是个意外事故。"

　　"那不是意外事故。"我说道，"是莉莉干的。"

　　"什么意思？"

　　"她从垃圾桶里拿了一块玻璃碎片，然后刺了我。"

　　格尔达睁大了眼睛："是莉莉干的？"

　　我抹掉眼泪。"那天我的摔倒也不是意外事故。她把玩具放在楼梯上，而我下楼会踩到那个地方。没有人相信我，但我知道她是有意这样做的。"我深吸了几口气，没让自己失控。当我再次张口的时候，我的声音平静了许多，有些无奈，"我现在根本不知道她是谁，她已经变成了另外一个人。她给我的感觉就像是一个陌生人，一个想要伤害我的人。而这一切都开始于我拉这首华尔兹乐曲。"

　　其他人听了这话都会认为我在妄想，但格尔达什么都没有说。她只是听着，安静地听着，没有做任何判断。

"我们带她去做了许多医疗检查，包括一种叫 EEG 的检查，检测了她的脑电波。当他们播放那首华尔兹乐曲的时候，她的大脑反应将其视为一种长期记忆。就是说她很早以前就已经听过这首曲子了。而你说这首华尔兹乐曲从来没有被录过音。"

"长期记忆。"格尔达低声说，盯着"Incendio"，好像从中看见了某些之前错过的东西，"朱莉娅，我知道这听起来有些奇异。"她轻声说，"但当我还是小孩儿的时候，我也有些我无法解释的记忆。父母认为这是因为我想象力太丰富了，但我记得有一幢石屋，里面的地面非常脏。然后还有麦田，在阳光下波浪般舞动。我看见自己光着脚，其中有个脚趾没了。这一切听起来毫无根据，直到祖母对我说这是我从前残留下的记忆，我前世的记忆。"她看着我，"你是否感觉难以置信？"

我摇了摇头："对我来说，没有什么是难以置信的了。"

"我祖母说大多数的人都不记得前生，或者拒绝承认这些记忆，认为它们不过是幻想。但对于小孩来说，他们的内心更加开放，过去的回忆会在他们脑中浮现，哪怕他们还不能用语言告诉我们他们的记忆中出现了什么。也许，这就是为什么莉莉会对这首华尔兹乐曲有反应，因为她之前听过，在她的前世。"

我不知道如果罗伯听了这段对话会有什么反应。他已经怀疑我有些疯了，如果和他讨论前世，他的怀疑可能会变成肯定。

"我希望我能给你一些启发，帮助你解决问题。"她说。

"我感觉这解决不了问题。"

"现在我对这首曲子真的非常好奇。如果在罗马的那个卖给你这东西的老板不能帮到我们，我们也许可以自己去找这首曲子的作曲者。我正在安排去的里雅斯特（意大利城市）表演的日程表，的里雅斯特距离威尼斯非常近。我们可以快速地去拜访一下这个位于卡莱福尔诺的地址。如果L.托德斯科住在那的话，应该可以找到一些线索。"

"你要为了我调查这些麻烦事吗？"

"对我来说这时间花得非常值得，我并不是只为了你才想做这事的。这首华尔兹乐曲非常棒，而且我也不认为它以前公开发表过。如果我们的四重奏乐团能第一个对其进行录音会怎么样？我们需要确认这首华尔兹乐曲的版权是清楚的。因此你看，我有调查L.托德斯科的理由。"

"他可能很久以前就死了。"

"也许是的。"格尔达用贪婪的目光看着乐谱，"但如果他没死呢？"

离开格尔达家后，我回到了自己的家，我看见瓦珥的福特金牛正停在我们的车道上，而罗伯的雷克萨斯已经在车库内。我不知道为什么罗伯那么早会在家，也不知道为什么当我朝房子走去的时候，他们要站在门前说话。我所知道的一切是他们两个人脸上都没有微笑。

"你到底去哪了？"罗伯问。

"我去了格尔达家，去之前我和你说过的。"

"你知道现在是什么时候了吗？"

"难道我应该再早点回家吗？我不记得我说过回来的时间。"

"天哪，朱莉娅，你到底怎么了？"

我的姑妈插嘴说："罗伯，我确定她有要忙的事，所以多花了点时间。但你也不用这样抓狂吧。"

"不用吗？我都要打电话给警察了！"

我摇了摇头，对他们的谈话非常迷惑："你为什么要打电话给警察？我做了什么事？"

"我们两个尝试联系你好几个小时了。你为什么没去幼儿园，他们打电话到我工作的地方。瓦珥不得不跑到那里，把莉莉接了回来。"

"但我一整天都带着电话，没有人给我打过电话。"

"我们给你打过了，朱莉娅。"瓦珥说，"还给你语音邮箱里留了很多话。"

"那这电话肯定坏了。"我从手提包里拿出手机，沮丧地盯着屏幕，上面有所有我错过的电话与语音邮件。来自幼儿园的，来自罗伯的，还有来自瓦珥的。"肯定是铃声有问题。"我说，"可能我不小心静音了，或是其他的设置问题。"

"朱莉娅，你还在吃维柯丁吗？"瓦珥平静地说。

"不，不，我在几天前就停药了。"我低声说，研究着手机菜单，想知道为什么我意外地静音。我感觉手指有些笨拙，总是按错键。在噩梦中我也曾出现过这样的情况，当我疯狂地想要打电话求助的时候，我总是打错号码。但现在并不是在噩梦中。

"停下。"罗伯说，"朱莉娅停下。"

"不，我要马上弄好它。"我继续点着手机菜单，"哪怕这时莉莉跑到了门厅，像藤条一样抱着我。"

"妈妈！我想你，妈妈！"

我低下头，再次从她眼里看到某种有毒的、蠕动的如同蛇一般的东西。我急忙将她拉开，这使她发出了极度痛苦的恸哭声，伸着哀求的手站着，一个被她母亲抛弃的孩子。

瓦珥马上握住了我女儿的手说："莉莉，你为什么不来和我一起住几天呢？你可以帮我摘番茄。你的爸爸妈妈不会介意我偷走你几天的，对吧？"

罗伯疲倦地点了点头："我想这个主意不错，谢谢你，瓦珥。"

"莉莉，我们上楼收拾下行李，告诉我你想要带走什么。"

"毛驴布偶，我要毛驴布偶。"

"当然，我们会带上毛驴布偶。还有什么其他的玩具吗？今晚吃意大利面好不好？"

在瓦珥带莉莉上楼的时候，罗伯和我依然站在门厅。我不敢看他，害怕从他脸上看出对我的想法。

"朱莉娅。"他叹气道，"我们坐一下吧。"他拉着我的手，带我来到了客厅。

"这手机一定有问题。"我强调说。

"我等下会检查一下的，好吧？我会找出问题所在。"这是罗伯在这个家庭中一直扮演的角色。他是个修理工。每当有问题的时候，他都会打开盖子，检查线路，解决问题。他按着我坐到了沙发上，然后自己则坐在了我对面。

"听着，我知道你现在承受着很大的压力，变瘦了，还失眠。"

"我的背还在疼，这让我难以入眠。但你想让我停掉维柯丁，我照做了。"

"亲爱的，瓦珥和我都认为你应该去和一个人谈谈。请不要把这当成一种治疗，这只是一次你和罗丝医生的谈话。"

"罗丝医生？就是你和我说的那个心理医生？"

"我向你强烈推荐她，我已经查过她的资质了，还有她的背景情况，她的执业评价。"

当然，他当然会查。

"我想她能给你带来许多帮助，帮助我们整个家庭。指导我们回到以前的生活中去。"

"罗伯？"瓦珥的喊声从楼上传来，"哪里有箱子可以让我用来装莉莉的东西？"

"我等下拿给你。"罗伯回答说，轻拍着我的手，"我马上回来，好吗？"他说完就去楼上找行李箱去了。

我听见他在我们卧室里移动，然后听见了行李箱轮子在地板上滚动的声音。我注意着客厅的窗户，一个面西的窗户。直到现在，我才注意到太阳已经降得很低，已经超过了下午三点时的位置。我的背又再次隐隐作痛，距离上次吃维柯丁已经过去好几个小时了。

我去了一楼的浴室，打开药橱拿出瓶子，摇出了三粒增加型的胶囊。在关上药橱的时候，我盯着镜子中的自己看了下，头发蓬乱，双眼肿胀，皮肤毫无血色。我往脸上泼了些冷水，用手指梳理了下头发，但依然看上去非常糟糕。因为莉莉带来的压力让我看上去像鬼一样。这是母亲们的黑暗面，没有人会告诉你这些，它们与拥抱、亲吻无关。她们不会告诉你曾在她们子宫中孕育的孩子，曾让她们充满爱的孩子，会变成撕咬她们灵魂的寄生虫。我盯着自己，心想："很快，我就会被榨干。"

当我从浴室中出来，罗伯和瓦珥已经回到了一楼门厅，在我右侧的拐角处。他们的讲话声非常的轻，我听不清楚他们的对话，因此我靠近了。

"朱莉娅现在的年纪就是当年卡米拉的年纪，这可能是个信号。"

"朱莉娅和她完全不一样。"瓦珥说。

"至少，基因遗传下来了。她的家族有精神病史。"

"相信我，情况完全不同。卡米拉是个冷血的精神病患者。她以自我为中心，聪明，善于操纵他人。但她并不是疯子。"

他们在讨论我的母亲。我死去的，曾杀死婴儿的母亲。他们口中的每一个字都让我感到绝望，我的心中沉重不已，仿佛要淹没他们的声音。

"所有看过她的精神科医师都有着一致的结论。"罗伯说，"他们说她精神崩溃了，对现实失去认知。而这问题在他们家族中遗传着。"

"她愚弄了他们，每个精神科医师都被她愚弄了。她并不是精神病，她是个恶魔。"

"妈妈，抱我！抱我！"

我转过身，看见莉莉正站在我右后方。女儿暴露了我。她抬头用无辜的眼神望着我，这时瓦珥与罗伯也转过头向我走来。

"哦，你在这儿！"瓦珥说，想要让声音随意些，但失败了，"莉莉和我马上就要走了，你什么都不用担心。"

当莉莉抱着我道别的时候，我感觉得到罗伯正看着我，感觉我对女儿是个威胁。我知道他所担忧的事，因为他提到了我母亲的名字，一个永远不会在我面前提起的名字。现在他却说了，说我现在正和当初我母亲犯了不可饶恕的罪的时候处于同一年龄。我想知道，她所残留在我身体内的扭曲基因是否已经开始觉醒？

在她杀死我弟弟之前，她难道和我现在的感觉一样？在她看着自己孩子的时候，是否也感觉孩子像怪物一样地注视着她？

第十二章

1943 年 12 月

当他在父亲琴店的里屋工作的时候，洛伦佐听到门口传来了门铃的"叮当"声，他喊道："如果你能等一分钟的话，我就马上出来。"

没有人回答。

他正在给小提琴涂胶，好使其黏合在一起。这是非常精细的一步，他不能草率完成，他小心地扣紧夹板，确认着角度。当他最终从里屋出来的时候，他看见顾客正蹲伏于大提琴琴盒与中提琴琴弓的展示柜前欣赏着，他只能看见在柜子另外一边的她的帽子。

"有什么需要我帮忙的吗？"他问。

她站起身对他露出了微笑。

"洛伦佐。"她说。

距离上一次他们对话已经过去五年了。尽管他曾在街上看到过她几次，但是远距离的，他从来没有尝试接近她。

　　现在，他与劳拉·巴尔博尼正面对面地站着，在他们之间只相隔着一个展示柜，他一时语塞。她金色的头发剪短了，变成了时尚的短发，这种发型在威尼斯东方大学的女学生中非常流行。她的脸已经失去了少女的圆润，颊骨更加明显，她的下巴也变得更加尖。她犹如以前那般直视着他，直接而锐利，让他感觉仿佛被刺穿一般，无法移动，也无法说话。

　　"它需要修理。"她说。

　　他低头看见了她放在工作台上的琴弓，琴弓根部上的马尾全散乱了。"当然，我很乐意为你效劳，你什么时候要？"

　　"不急，还有另外一根琴弓。"

　　"下周可以吗？"

　　"当然。"

　　"那么在下周三来拿吧。"

　　"谢谢。"她犹豫了一会儿，想要再找些话题，但叹了口气朝门走去，但在门口的时候，她又停了下来，转过身对他说，"难道这就是我们要说的全部吗？下周三来拿吧。谢谢？"

　　"你看上去很棒，劳拉。"他声音低落地说。没错，她很棒，看上去比他记忆中更加美丽，在过去五年，她从一个花季少女出落成了一个大美人儿。在这个昏暗的小店，她看上去自带光芒。

"为什么你不来看我们？"她问。

他的眼神在房间内游荡，然后抱歉地耸了耸肩："父亲这里需要我帮助，而且，我还要教小提琴，我现在有十个学生要教。"

"我给你送了六份邀请信，洛伦佐。你从来不来，哪怕是我的生日宴会。"

"我写信表达过我的歉意。"

"是的，你的措辞是那么礼节性。你可以亲自来对我说的，哪怕只是来打个招呼。"

"你已经离我而去了，在威尼斯东方大学学习，并有了新的朋友。"

"难道我们就不能保持朋友关系吗？"

他低头看着她的琴弓，弓末端的马尾乱成一团。他记得她曾那么欢快地用这根琴弓拉动着琴弦，毫不犹豫。像劳拉这样猛烈的演奏者很容易把弦弄断，很容易把马尾磨坏。激情是有代价的。

"那晚，在比赛中所发生的一切。"他平静地说，"改变了我们的一切。"

"不，没有。"

"对你来说没有。"突然，他对她的不自觉感到愤怒，直直地看着她，"对我来说，对我的家庭来说，一切都变了。但对你来说没变。你依然被允许上威尼斯东方大学。你有了新的朋友，有了漂亮的新发型。你的生活在继续，快乐而完美，但我的呢？"他扫视了一圈店内，苦涩地笑了笑，"我被困住了，你以为我在这店里，是我愿意在这里的？"

"洛伦佐。"她低声说，"对不起。"

"下周三来拿你的弓吧，到时它会被修好的。"

"我并没有瞎，我知道发生了什么。"

"那么你应该知道为什么我保持与你的距离。"

"为了隐藏？为了低着头远离麻烦？"她凑近，隔着工作台面对着他，"现在是时候鼓起勇气了。我想要和你站在一起，不管发生什么，我想要……"她的话被门铃打断。

一名顾客走了进来，是一位薄嘴唇的妇女，对他们点了点头，然后在店内逛着，看着墙上挂着的小提琴与中提琴。洛伦佐之前并没有见过这名妇女，她的突然出现让他感觉不自在。父亲的生意之所以能维持下去是因为有一群数量虽然不多，但非常忠诚的客户。新的顾客几乎从来不会出现，哪怕这家店就在路边，窗户上挂着非常明显的招牌"Negozio Ariano（意大利语，雅利安店铺）"。

劳拉看出了他的不安。

这位妇女很快就转过身，开始在自己的手提包里翻找着。

"我有什么能帮你的吗，女士？"洛伦佐一边躲避对方的视线，一边问道。

"你是这家店的店主吗？"

"我父亲是，我只是助手。"

"那你父亲在哪？"

"他回家吃午饭了，但应该很快就会回来。你有什么事吗？也许我能帮你。"

"不，没事。"这位妇女看了一圈乐器，翘起了嘴巴露出了厌恶的表情，"我只是好奇那些选择惠顾这家店的人。"

"你也许应该找一位乐手问问，"劳拉说，"我想也许你不是乐手。"

这位妇女转向她，说："什么？"

"威尼斯产的小提琴中，最好的就出在这里。"

妇女眯起了双眼："你是巴尔博尼教授的女儿，对吧？我看过你上个月的演出，在凤凰剧院。你们的四重奏非常棒。"

"我会告诉其他人的。"劳拉冷冷地说，看着洛伦佐，"周三我会来取我的琴弓的。"

"巴尔博尼小姐？"在劳拉开门离开的时候这位妇女喊道，"你真的应该去看一下兰德拉先生的店，就在路边，他制作的乐器真的非常不错。"这并不仅是个建议，在她的声音中还带着阴暗的警告。

劳拉回头看了一眼，张嘴想要反驳，但什么都没有说就离开了。她关门的力道是如此之大，以致门铃都在剧烈地作响。

这位妇女也跟着她离开了店。

146

洛伦佐无法听清她们之间的对话，但透过窗户，他可以看见在路上那位妇女拦住了劳拉，但劳拉只是轻蔑地摇了摇头，然后快速地走开了。这时他在想：我是多么思念她啊。在漫长的五年之后，我们终于再次见面，但竟如此苦涩地结束了对话。

他拿起劳拉放在工作台上的琴弓，直到这时，他才发现上面还有一张折叠着的纸，被她夹在弓根上。之前他并没有看见这张纸，她肯定是在他与那妇女对话的时候放进去的。他展开了这张纸，看见了劳拉的手迹：

今晚来我家，别告诉任何人。

按照指示，洛伦佐没有告诉任何人。面对吃完午饭回来的父亲，他什么都没有说。到了晚上与家人一起吃晚餐的时候，他也没说。晚餐的餐桌上放着面包、鱼汤。鱼汤里混合着各种鱼肉，这些鱼肉是马尔科从被丢弃的鱼中捡回来的，他现在在市场上做着搬运鱼的工作。虽然这是一份艰苦而又肮脏的工作，但能有这份工作也是马尔科的幸运，要感谢鱼贩老板公然无视那些不许雇用犹太人的法律。

整个意大利，在成千上万像他老板这样的雇主还在继续像以往那样做生意，轻视新的法律，愿意偷偷地雇用像马尔科这样的青年，为他们每日的辛勤工作支付里拉。五年以前，马尔科对未来有着完全不同的憧憬，那时他曾梦想成为一名外交官。而现在他筋疲力尽地坐在餐桌前，浑身散发着汗臭与难以抹去的鱼腥味——哪怕炽烈如马尔科这样的人也被打败了。

过去几年同样也击倒了他们的父亲。布鲁诺的客户急剧减少，每周光顾的人数少得可怜，而且他们之中都没有买新小提琴的，只是购买一些必要的配件、消耗品，比如松香与琴弦，但仅靠这些是很难把店维持下去的。尽管如此，布鲁诺每周还是会花六天时间在工作台上，倔强地制作着新的精美乐器，雕刻、打磨它们，虽然它们根本就卖不出去。当风干的枫木与杉木供应减少直至停止供应的时候，接下来会怎么样？他会日复一日、年复一年无所事事地坐在店里，直到自己风干、破碎到变成尘土吗？

过去几年把我们全部都改变了，洛伦佐心想。母亲头发灰白，看上去疲惫不堪，因为外祖父阿尔贝托在四个月前中风了，埃洛伊萨每天待在疗养院，用勺子把食物送进他的嘴里，为他擦背，为他读书和报纸。阿尔贝托的椅子空着，等待着它的主人归来。但随着时间一周周地流逝，这种可能性似乎正变得越来越低。自然，也不再会有祖孙二人的二重奏，也没有歌曲分享与音乐游戏。阿尔贝托甚至连餐叉都用不了，更不用说小提琴琴弓了。

在他们所有人中，皮亚是唯一一个这么多年后依然没有被改变的。她如鲜花一样绽放着，变成了一个苗条的黑眼睛美人，吸引了许多男孩儿的目光，但年仅十四岁的她对于炫耀自己的美貌还有些羞怯。因为学校已经不再接纳她，因此，很多时候她都是陪着母亲照顾阿尔贝托，或在自己的房间里读书，或靠在窗户上做白日梦，幻想着她未来的丈夫。这就是尚未被改变的皮亚，她的心中依然有着浪漫的情怀，依然充满着爱。

"要是我能让她继续这样保持下去有多好啊。"洛伦佐心想，"保护她免受现实世界的侵扰，要是我能让大家永远在一起，一起温暖而安全地生活下去就好了。"

"你好安静啊！你还好吧，洛伦佐？"皮亚问道。她总是能发现不对劲的地方，只需一瞥，她就能清楚她哥哥是累了，还是有麻烦了，或是兴奋着。

他笑了笑，说："没事。"

"真的吗？"

"他刚说了他没事。"马尔科嘟囔说，"他又不用拉一整天装着鱼的箱子。"

"他也在工作，他的学生要付他学费。"

"越来越少的学费。"

"马尔科。"布鲁诺警告说，"我们都在做自己的工作。"

"抱歉。"皮亚叹气说，"除了缝补些衣衫，我又做了些什么呢？"

洛伦佐轻拍着她的脸蛋说："你保持着自我，就能让我们感觉到快乐。"

"这样就太好了。"

"这让一切都变得不同，皮亚。"

因为你让我们保持着希望，他想，看着妹妹上楼准备睡觉。马尔科也继续嘟囔着起身离开餐桌，而皮亚在哼着歌上楼，一首古老的吉卜赛曲子，是他们都还是小孩的时候阿尔贝托教他们的。

皮亚依然相信每个人都是美好的。如果这是真的话就好了。

在半夜之后，洛伦佐溜出了家。十二月的寒冷天气已经把大多数的人赶回了家，空气中弥漫着奇怪的薄雾，带着鱼腥与污物的恶臭。他很少在晚上冒险外出，害怕遇见凶残的黑衫党人，这些人经常游荡在街上。两周前，马尔科就曾带着血迹蹒跚地回到家，鼻子也受伤了，衬衫也被撕成了破布，就是因为遭遇了这种人。

也许情况还会更加糟糕。

洛伦佐在阴影中行走着，快速地通过一条条小路，躲避着有灯泡的广场。在通往多尔索杜罗区的人行桥前他犹豫了，因为跨过这座人行桥，他将会暴露自己，没有地方隐藏。但夜晚是如此的寒冷，哪怕是黑衫党也不愿意出来，因此他没有看到一个人。他低着头，把脸埋在围巾里，穿过人行桥，朝劳拉家走去。

在过去五年，这座位于芳德门塔布拉加丁街的宏伟住宅一直像个迷人的女歌手一样，唱着歌呼喊着他。一次又一次地，他发现自己站在这座桥前，被诱惑着朝这条街走去。在过去，他曾怀着何等喜悦的心情走在这条街上。有一次，他甚至不知道自己是怎么来到桥前的，仿佛是他的脚自己带他来的。他就像识途的老马回家一般，总是不自觉地来到这里。

他在她家门外停了下来，抬头看着一扇窗户，以前来的时候它总是亮着灯光。但今晚，这座宅邸看上去并不那么欢迎人，窗帘紧闭，灯泡幽暗。他摇了摇铜门环，感觉木门像有生命一样在颤抖着。

突然间她就现身了，背着光站在门口，并用手抓着他："快点。"她低声说，拉着他到了里面。

他一跨过门廊，她就关上门并上了锁。哪怕是在这样昏暗的地方，他也能看见她脸颊上的红晕和眼里的光芒。

"感谢上帝把你平安地送到这儿。我和我爸都非常担心。"

"这到底是怎么回事？"

"我们原本想还有很多时间可以慢慢实行我们的计划，但自从今天在你的店里见了那个女人之后，我明白已经没有时间了。"

他跟着她沿着走廊来到了餐室，在这个地方，他曾与巴尔博尼一家人有过许多快乐的夜晚。他记得他们快乐的欢笑，喝下数不清多少杯的葡萄酒，一起讨论音乐，而且总是讨论音乐。今晚，他发现餐桌上是空的，甚至连盘水果都没有。只有一盏小灯亮着，而面对着花园的几扇窗户的百叶窗都紧紧闭合着。

巴尔博尼教授就像以往一样坐在桌子的一头,但其形象与洛伦佐印象中的相差甚大。印象中,巴尔博尼教授是位衣冠楚楚,满脸微笑的绅士。但现在,他看上去表情忧郁,满脸疲惫,其差别之大甚至让洛伦佐不敢相信这是同一个人。

巴尔博尼教授勉强地挤出了一个微笑,站起来迎接他们的客人。

"拿点葡萄酒来,劳拉!"他说,"让我们为我们失散已久的小提琴家干一杯。"

劳拉拿出了三个高脚杯及一瓶葡萄酒放在桌上,然后由其父亲倒出,房间内的气氛很沉重,跟庆祝的感觉相去甚远。不,巴尔博尼教授的脸色严峻,仿佛这是他们一起喝的最后一瓶酒。

"向你致敬。"巴尔博尼教授说,他面无喜色地喝光了酒,放下空杯子,然后看着洛伦佐,"你来的路上没有被跟踪吧?"

"没有。"

"你确定吗?"

"我没有看见一个人。"洛伦佐看着劳拉说,然后又转向她父亲,"就像在罗马发生的事一样,威尼斯要发生什么事了吗?"

"这事来得比我预期的还要快。《停战协议》改变了一切,我们现在所在的意大利已经被占领了。党卫军完全控制了这里,他们上个月在罗马对犹太人做了一些事,接下来的目标就是这里。约纳教授就是这样认为的,所以他把社区文件都烧了,这样党卫军就不会找到你们任何人的名字了。他牺牲了自己，为所有人争取了宝贵的逃跑时间，而现在你们一家人还在这里。你的父亲不相信即将到来的灾难，这将把你们置于险境。"

"我们还留在这里并不只是因为我爸。"洛伦佐说，"还因为我外公的病，他甚至无法走路。我爸怎么可能会把正在康复期的病人留在家中？而我妈也不会离开我爸。"

巴尔博尼教授脸上浮现出了痛苦的表情："你的外公是我最好的朋友之一，这是你知道的。虽然这样说你会很痛心，但他已经没有希望了。阿尔贝托已经没有希望了，而你们什么都改变不了。"

"作为他的朋友，你怎么能这样说？"

"作为他的朋友，我才这么说的。因为我知道他想要你们安全，而威尼斯已经不再是个安全的地方了。你肯定已经注意到了，你的许多小提琴学生已经不来上课了吧？你们的邻居是否有很多都已经悄悄地离开了？他们没有一点儿预兆地就销声匿迹了，也不告诉任何人他们将去何处。因为他们听到了罗马发生的事。上千人被围捕，被驱逐。在的里雅斯特和热那亚也发生了同样的事。"

"但这里是威尼斯，我爸说这事不会发生在这里。"

"哪怕就在现在说话的时候，党卫军也正在收集这个城中的每一个犹太人的名字与地址。虽然约纳教授烧了所有相关文件，但这对他们来说只是个小挫折，而你们的时间已经不多了。今天去你们店的那个女人肯定也是党卫军成员之一。她去你们那儿是为了寻找可以被充公的东西。根据《十一月宣言》，所有属于犹太人的财产都会被充公。房子，你父亲的店，你们已经一无所有，他们会随时拿走它们。"

"马尔科也一直这么说。"

"你的哥哥是清楚的，他知道正在发生什么事。"

"你怎么知道接下来会发生什么事？而且还这么肯定？"

"因为是我告诉他的。"一个声音从洛伦佐的背后传来。

他转过身，看见了巴尔博尼家的管家，艾达，一个长着魔鬼一样的嘴脸，仿佛一直潜伏在暗处的人。五年以前，她曾警告过洛伦佐不要参赛，并暗示了会发生糟糕的事。

他转向巴尔博尼，说："你相信她？她是个黑衫党。"

"不，洛伦佐，她不是。"

"她知道在比赛的时候会发生什么事。"

"而且我也曾警告过你，但你不听。"艾达说，"那天你只被打了一顿还算是幸运的。"

"艾达不是黑衫党，但她和他们有些联系。"巴尔博尼教授说，"她听到了一些消息，一些关于党卫军的计划。我们已经尽可能多地警告了犹太人，但没有人相信。你的父亲就是其中之一。"

"一个笨蛋。"女管家低声说。

巴尔博尼教授摇了摇头："艾达。"

"他不相信是因为他拒绝相信。"

"但谁又能责怪他呢？谁会相信党卫军会拆散一个意大利的家庭？在马焦雷湖残杀孩童？所有人都认为让犹太人在意大利消失只是一个谣言。"

"我爸就是这样想的。"洛伦佐说。

"这就是我们无法拯救布鲁诺的原因。但我们能拯救你，可能还有你的妹妹与哥哥。"

"没有时间可以浪费了。"劳拉催促说，"明晚你必须离开，带上能拿的东西就走。"

"我们去哪儿？我们不能藏在这里吗？"

"不，这房子也不安全。"巴尔博尼教授说，"大家都知道我对犹太人有同情心，我担心他们会来搜查我们。不过在帕瓦多市外有一家修道院，你们可以在那里待几天。那儿的僧侣会掩护你们，直到我们找到某人能带你们去瑞士边境。"他把一只手放在洛伦佐肩上，"要有信心，孩子。在意大利的每个地方，你都能找到朋友。你所面临的挑战是辨别出哪些人是你可以信任的，哪些是你不能相信的。"

一切变化来得如疾风骤雨一般。洛伦佐知道马尔科会同意离开，但他要怎么说服他的妹妹呢？还有妈妈，她不会放弃她父亲的，阿尔贝托还在疗养院内。他害怕即将到来的哭泣与争吵，这些哭泣与争吵将让人心碎与内疚。他被自己即将要做的事所压抑着，深呼了一口气，靠在桌子上好让自己冷静。

"所以，我必须要把他们留给党卫军？我的母亲与父亲。"

"我想你别无选择。"

洛伦佐转向劳拉："你能把你父亲丢下吗？如果你知道再也见不到他的话？"

她的眼里突然出现的泪水闪烁着："这真是个可怕的选择，洛伦佐。但你必须要救你自己。"

"你能做到吗，劳拉？"

她用一只手抹了抹眼泪，将视线移向别处说，"我不知道。"

"我希望她能这样做。"巴尔博尼教授说，"事实上，我会坚持让她这样做。过去几周的平静太诡异了。这也是为什么你父亲相信你们只要低着头生活，只要你们不惹事就能活下去。但时间已经到了，逮捕行动马上就要开始了。我之所以告诉你们这些，是因为我亏欠着我的朋友阿尔贝托，也因为你的音乐天赋，我认为你的音乐天赋应被全世界分享。但如果你无法在战争中存活，那么这个世界将永远听不到你的演奏。"

"听我爸的。"劳拉说，"求你了。"

有人在非常用力地敲着前门，吸引了所有人的注意力。劳拉害怕地看了一眼她父亲。

"带他上楼，马上。"巴尔博尼教授轻声说，"艾达，把葡萄酒杯清理了，不能留下有访客的痕迹。"

劳拉抓着洛伦佐的手，带着他到了后面的楼梯。就在他们急忙上楼的时候，他们听见前门的敲门声越来越重，越来越急，然后又听到巴尔博尼教授喊道："急什么？这房子着火要倒了吗？来了，来了！"

劳拉和洛伦佐溜进了一间卧室，把耳朵贴在门上，努力地听楼下的对话。

"侦查办案，在晚上这个时候？"巴尔博尼教授用低沉的声音说，"怎么回事？"

"这么晚打扰您我非常抱歉，巴尔博尼教授。但我要警告您接下来要发生的事。"一个男人的声音，低沉而急促。

"我不知道你在说什么。"巴尔博尼说。

"我知道为什么您可能不信任我。但今晚您需要相信我，这非常重要。"

就在两人对话的时候，又有两个男人进了餐室。

"如果警察发现我在这里你们会怎么样？"洛伦佐低声说。

"别担心。"劳拉说，"我爸不会让这事发生的，他总能做到。"她将手指压在他的嘴唇上说，"待在这里，别出声。"

"你要去哪里？"

"去扰乱我们的访客。"她朝他投去有些紧绷的一笑，"我爸说我在这方面很聪明，我们就来试下我有多聪明吧。"

通过紧闭的卧室门，他听到她下楼的脚步声及与餐室内两个男人的对话声。

"爸爸！你怎么这样啊，怎么不给客人上点心？"她用愉快的声音说，"先生，我是劳拉，巴尔博尼教授的女儿。我能为你倒杯葡萄酒吗？或者你想要来点蛋糕与咖啡？艾达，你为什么不端点东西来？我不希望我们的客人认为我们忘记了如何待客。"

尽管他不能听到这个男人的回应，但洛伦佐听到了劳拉的笑声，陶瓷器皿响亮的叮当声，艾达于餐室及厨房之间来回的脚步声。因为劳拉的介入，陌生人的闯入变成了夜晚的蛋糕与谈话。所有的警察都无法抵抗她的魅力。现在，这些访客也在欢笑着，洛伦佐听见警察打开了一瓶葡萄酒的软木塞。

因为长时间蹲伏在门边，他感到脖子有些酸痛，因此调整了一下姿势，活动了一下来缓解疼痛。然后他开始第一次环顾四周，并发现自己是在劳拉的房间中。房间中散发着薰衣草的香气，充满着阳光的味道，弥漫着与她相似的气息，鲜明而多彩。

房中有些凌乱，但是那种令人快乐的凌乱，她的书随意地放在床边的桌上，一件毛衣挂在椅子上，梳妆台上杂乱地放着面霜、粉和刷子。他碰到了一把化妆刷，刷子上的毛与金色的发丝纠缠着。他想象着这把梳子穿过她的金黄色秀发的美妙场景。

书架上也充满着劳拉迷人的凌乱。一些陶瓷小猪被放在一起，好像一群小猪在对话。一些被碾碎的松香块，一个放着网球的碗。还有许多书，劳拉是有多喜欢她的书啊！他看见许多诗集，一本莫扎特的传记，易卜生的戏剧集。还有一整架的爱情故事，这是他从来没有想到的。他那雷厉风行而又讲实际的劳拉居然爱读爱情小说？她还有许多东西是他所不了解的，而且也许永远无法了解，因为明天晚上，他可能就已经离开威尼斯了。

　　永远无法再与她相见的想法令他胸口一阵绞痛，他按住了自己的心口。站在她的房间内，闻着她的气息，却只能让他感觉更痛苦。

　　楼下传来了她甜蜜的声音："晚安，先生！请不要把我爸爸留得太晚！"然后她哼着小调上了楼，一副无忧无虑的样子。

　　她走进卧室，关上门并靠在门背后，她看上去有些紧张和脆弱。面对他询问的眼神，她猛烈地摇了摇头。

　　"他还不想走。"她低声说。

　　"你父亲在做什么？"

　　"灌他酒，和他说话。"

　　"他来这干什么？"

　　"我不知道，所以我很害怕。他看起来对我们非常了解，他自称是来帮助我们的，如果我爸合作的话。"她关掉了灯，房间里变得漆黑一片，这让她敢把窗帘拉开。她窥视着窗外说道，"街上没有一个人，不过他们可能在暗处监视着这所房子。"她转向他，"你现在不能离开，外面不安全。"

"我得回家，我得警告我的家人。"

"你为他们做不了任何事，洛伦佐。今晚不行。"楼下餐室传来男人们低沉的笑声，"我爸知道如何处理这事。是的，他很擅长这事。"她看上去从这种肯定的话语中获得了勇气，"他有能吸引所有人的魅力。"

你也有。在黑暗之中，他所能看见的只有她的轮廓。他有许多话想要对她倾诉，想要告诉她许多秘密，但绝望吞没了他的言语。

"你必须待在这儿，难道你感觉晚上被困在我这儿很糟糕？"她轻笑着问道，不断地朝他走去，双眼盯着他，两人的视线在黑暗中相交。

他抓住她的手，把它放在自己的嘴唇上："劳拉。"他轻声呼唤，别无他言，只叫了她的名字。但这一个词说得是如此温柔，将他的秘密完全地暴露了。

而她听到了他的秘密，走向他，走向欢迎着她的双臂。她的双唇品尝起来就像醉人的葡萄酒，让他不知足地品尝着，永不知足的。他们都知道他们的未来是令人心碎的，但两人之间燃起的火焰已经超出了他们的控制，五年的分享与忍耐变成了火焰的燃料。

他们吻得有些喘不过气，因此停了下来，互相凝视着对方。月光从窗帘缝间倾泻而入，在劳拉的脸上投下了美妙的银色。

"我好想你。"她轻声说，"我给你写了那么多的信，想告诉你我的感受。"

"我从来没有收到它们。"

"因为我从来没有寄出它们。如果你的感受和我不一样的话，我会受不了的。"

"我也一样想你。"他用双手捧着她的脸庞，"哦，劳拉，我想你。"

"为什么从来不告诉我？"

"自从那些乱七八糟的事发生后，我无法想象我们会永远……"

"永远在一起？"

他叹了口气，放下了双手，"今晚所发生的事，让一切变得更加不可能。"

"洛伦佐。"她轻声呼唤道，把嘴唇再次压在了他嘴上，这并不是欲望的吻，而是给予信心的吻，"如果我们一开始就不敢想的话，那么这件事将永远不会发生。因此，我们必须要敢于想象。"

"我想要你快乐，这就是我曾想要的全部。"

"那么你为什么要躲着我？"

"我什么都给不了，我能给你什么承诺？"

"事情会变的！现在这个世界可能疯了，但它不会一直这样。还有许多好人，我们会让它再次正常起来的。"

"这些都是你父亲告诉你的吗？"

"我相信这话，而且我必须相信，否则就连希望都没有了，而我不能没有希望地活下去。"

她笑了，他也笑了："我凶猛的劳拉，你知道我曾害怕过你吗？"

"知道。"她笑着说，"我爸曾说过，我必须要学会不要那么令人恐惧。"

"但这也是我为什么爱你的原因。"

"那么你知道我为什么爱你吗？"

他摇了摇头："我无法想象。"

"因为你也是凶猛的，你在音乐上、家庭上、所有相关的事上都表现得非常凶猛。在威尼斯东方大学，我见过许多男孩，他们对我说想要变得富有或有名，或想要在这个国家有个度假屋。但这些都只是他们想要的东西，而不是他们关心的东西。"

"难道你就没有对这些男孩中的其中一个有兴趣？哪怕一点点？"

"怎么可能？我脑海中只有你，我们一起在舞台上的那晚。当时你是那么自信，那么威风凛凛。当你演奏的时候，我能听见你的灵魂在对我唱歌。"她将前额靠在他身上，"我从来没有对其他事物有过这样的感觉，只有你。"

"我不知道我什么时候能回来，因此我不能请求你等我。"

"记得我说过的话吗？如果我们一开始就不敢想的话，那么这件事将永远不会发生。因此我们必须要敢想，相信未来的某一天我们可以在一起。我想当你老了之后，会变成一个非常杰出的人！你会长出白色的须发，这里，还有这里。"她摸着他的太阳穴，"当你笑的时候，你的眼睛周围会出现帅气的皱纹。你会戴上滑稽的眼镜，就像爸爸一样。"

"而你会一直像今晚这样美丽。"

她笑了起来："哦不，在生了我们的孩子后，我会变胖的！"

"但还是那么美丽。"

"你看到了吗？这就是我们可能的未来，一起变老的未来。我们不能停止相信它，因为某一天……"

防空警报突然刺破暗夜，尖锐地叫了起来。

两人都走向窗户，劳拉拉开了窗帘。底下的街道上有许多街坊邻居，聚集在一起寻找着天空中的飞机。尽管防空警报经常响起，但这座城市从来没有遭遇过空袭，威尼斯人对这些打破他们睡眠的哀号已经变得有些漫不经心。这座城市是建在水上的，哪怕有炸弹掉下来，他们又能躲到哪里去呢？

"云雾那么浓密，这肯定不是一个适合空袭的夜晚！"一个男人叫道，"飞行员连十英尺外的东西都看不到。"

"那这警报响什么？"

"鬼知道？"他对三个站在一起在寒风中跺着脚的男人喊道，他们的香烟在发着光，"你们听到什么消息了吗？"

"广播里没有，我的老婆正在给她在梅斯特的妹妹打电话，看她知道些什么没有。"

越来越多的人正往街上走，裹着外套和围巾，喧闹不断地讨论着。洛伦佐从他们的话中没有听出害怕，取而代之的则是疑惑与兴奋，甚至有些人看上去像在过节，街上像是在开派对，而警报声则被当成了庆祝的曲子。

伴随"嘎吱"一声，卧室的门突然被打开了，巴尔博尼教授走了进来，他轻声说道："我们的客人终于走了。"

"爸爸，他说了什么？他为什么来？"劳拉问。

"上帝啊，如果他对我所说的都是真的话……如果他对我所说的……"

"什么事？"

"党卫军马上就要挨家挨户地搜查，逮捕人。"他看着洛伦佐，"已经没有时间了，你今晚就得走，这些警报声会让街上充满混乱，你可以借此逃离。"

"我需要先回家，我得告诉他们。"洛伦佐说完向门走去。

但巴尔博尼教授抓住了他的手臂："太迟了，已经救不了他们了。你的家人全在名单上，他们可能已经派人去你们家了。"

"我的妹妹才十四岁！我不能扔下她不管！"洛伦佐挣脱巴尔博

尼教授的手，跑出了房间。

"洛伦佐，等等！"劳拉喊道，跟着他跑了出去。在前门，她抓住了他的手，使他停了下来，"求你，听我爸的话吧！"

"我必须要去通知他们，你知道我必须要去的。"

"爸爸，和他说说。"劳拉向正从楼上走下来的她的父亲祈求道，"告诉他，这太危险了。"

巴尔博尼教授难过地摇了摇头。"我想他已经做出决定，我们不能改变他的内心。"他看着洛伦佐说，"要一直躲在暗处，孩子。如果你能把你的家人带出卡纳雷吉欧区，就马上带他们去帕多瓦的修道院。他们会让你们避难的，直到某人能把你们带出境。"他抓住洛伦佐的肩膀说，"当一切都结束的时候，当意大利恢复理智的时候，我们会再次见面的。然后一起庆祝。"

洛伦佐转向劳拉。她用手捂住嘴巴，想要忍住眼泪。他拉过她抱住，感到她的身体因努力不哭而颤抖着，他轻声对她说："永远不要停止相信我们的未来。"

"我不会的，永远。"

"这样我们就可能有未来。"他吻住了她，最后一次品尝她的味道，"我们会创造我们的未来的。"

一

第十三章

在潜入了夜色之后，他用围巾捂住了脸，以避开任何不欢迎的视线。空袭警报还在不停歇地哀号着，仿佛是天空自己在绝望地咆哮着。在这个奇怪的夜晚，许多人从家里出来，有一小伙儿人已经聚集在坎普德拉卡里塔，急切地想要最新的消息，互相交换着流言。

　　假如这是真的空袭，那么就会有人死在这里，被他们的好奇心所杀。但就目前的情况来看，今晚和平常的夜晚没有区别，并没有炸弹落在威尼斯，那些长时间徘徊在户外的人只会感到手脚冰冷，直到早上来临，带着惺忪的睡眼叹息着这么迟才能回去睡觉。

　　没有人看见这个在阴影中潜行的年轻人。

　　在这个充满迷雾与混乱的夜晚，洛伦佐在不引人注意的情况下通过了桥，穿过了邻近的圣保罗区。但接下来他所面对的才是最大的挑战——如何在天亮之前，将他的家人带出这座城市。他的妈妈是否能全程步行到帕多瓦？他们是不是应该让马尔科和皮亚先走？如果他们全家分离的话又要如何，以及在何地重聚呢？

他听到惊叫声以及玻璃破裂的声音，他急速冲到一个阴影之处，从这个角落里观察着周围的动静，他看见一个男人和一个女人被拉出房子，并被强迫跪在大街上。被打碎的玻璃如同雨一般从楼上的窗户上落下来，接着一些书本、纸张也像受伤的鸟一样翻飞地掉下来，不断地堆积在街上。跪着的女人边哭边恳求着，空袭警报淹没了她的哭声。

一根火柴在黑暗之中点燃，被扔进了纸堆中，火焰瞬间猛烈地燃起，犹如来自地狱里的烈火。

洛伦佐逐渐后退远离这团明亮的火焰，快速地冲到了另外一条街道，迂回着向北前进，穿过圣十字区。在他过桥进入卡纳雷吉欧区的时候，看见了前方另外一道令人毛骨悚然的火光。

我的街道！我的房子！

他快速冲过拐角到达卡莱福尔诺街，看见可怕的火焰正在这条街上咆哮着，吞食着所有的书籍。外公的书籍。鹅卵石路上到处都是破碎的玻璃，倒映着的火光如同一堆堆小火焰。

他家的门已经碎裂，他根本不用进去看就知道里面已经被破坏——摔烂的瓷器，被撕碎的窗帘……

"他们都已经走了，洛伦佐！"一个女孩儿的声音叫道。

他环顾四周，看见了邻居家年仅十二岁的伊莎贝拉在街对面绝望地看着他。

"警察把他们都带走了，然后黑衫党人来了，烧掉了所有的东西。他们就像是一群疯子，他们为什么一定要摔坏盘子？爸爸告诉我待在里面，但我透过窗户看到了，看到了所有的一切。"

"他们在哪？我家人在哪？"

"他们在马尔科福斯卡里尼，所有人都在那儿。"

"他们为什么被带到那所学校去？"

"警察说他们会被送到劳工营。他告诉爸爸说不用担心他们，因为并不会持续很久。当所有的一切都平静下来，他们会再次回来的。他说这就像离家度假一样。爸爸说我们什么都做不了，什么都改变不了。"

洛伦佐低头看着地上黝黑的灰烬，这是他外公阿尔贝托珍贵的私人音乐图书馆所留下的残渣。在灰烬的边缘，残留着一本没有被烧完的书。他捡起它，烧焦的书页散发着烟雾与臭气。这是阿尔贝托的《吉卜赛乐集》，在洛伦佐还在摇篮里的时候就已经在听这些曲子了，而在晚上皮亚上楼的时候还哼了其中的曲子。

望着手中珍贵的音乐书，他担心着妹妹，心想她心里一定非常害怕。他又想到了他的母亲，他母亲有膝盖疼痛的毛病，肺也非常虚弱。在环境艰苦的劳工营，她要怎样才能活下去呢？

"你要和他们一起去吗？洛伦佐。"伊莎贝拉问，"如果你想的话你可以追过去跟上他们，你们会在一起的。在营地里也不是什么太坏的事，那个警察这样说的。"

他抬头看了看他家被毁坏的窗户。如果他决定现在就离开，则可以在日出的时候就到达帕多瓦。到那里后，他还必须要往西北部走去，进入山中，然后穿过瑞士的边境。巴尔博尼教授正是这样催促他的："跑。放弃你的家人，先救自己。"

当战争结束的时候，他想，他要如何面对他们呢？如果他们知道我放弃了他们，让他们陷入劳工营中饱尝艰辛的话。他想象了一下皮亚用看叛徒的眼神看着他。这是他所能想到的一切，他妹妹的眼神。

"洛伦佐？"

"谢谢你，伊莎贝拉。"他温柔地把手放在女孩的头上，"保重，我们有一天会再见面的。"

"你要逃跑吗？"

"不。"他将音乐书收进大衣内，"我要去找我的家人。"

第一个发现他的人是皮亚，在小孩与婴儿喧闹的哭泣声中，他听到了她在呼唤着他的名字，看见她在疯狂地招手以吸引他的注意力。有那么多的人正聚集在马尔科福斯卡里尼的临时拘留中心，使他不得不推开因绝望而晕过去的老人，跨过一家又一家因疲惫而瘫在地上的人才能通过。

皮亚是如此开心地扑向了他的怀中，以至于力量太大把他撞退了几步。

"我还以为我们再也见不到了呢！马尔科说你跑了，但我知道你不会的。我知道你不会离开我们的！"

他的母亲和父亲也挤过来拥抱了他，一时间好多手臂混乱地缠着他。当他们最后放开的时候，他的哥哥马尔科向他走来，在他的背上使劲地拍了一下。

"我们都不知道你去哪儿了。"马尔科说。

"当我听到空袭警报的时候我在巴尔博尼家。"

"这是个诡计。"马尔科怨恨地说，"他们用警报来惊吓我们，然后抓住我们。没有人知道发生了什么事，我们也不知道外公那儿是什么情况。有流言说他们甚至袭击了疗养院。"马尔科瞥了母亲一眼，后者正坐在一张长凳上，紧紧地抓着衣服，他轻声说，"他们直接把她从床上拉了下来。甚至不让她穿上合适的衣服。在他们把我们拉到大街上之前，我们拿走了我们能拿的一切。"

"我看过家了。"洛伦佐说，"黑衫党把所有的窗户都砸了，还烧了所有的书，整个城市里都是如此。"

"你本来有机会逃跑的，对吧？该死的，你为什么没有逃跑？你可以自己跑出国境！"

"那皮亚怎么办？妈妈呢？我们是一个家庭，马尔科。我们必须要待在一起。"

"你以为你会在这劳工营内待多久？你知道他们会持续到什么时候？"

"安静点，你吓到皮亚了。"

"我没被吓到。"皮亚说，"我们现在在一起了。"她拉住洛伦佐的手，"来，看我做了什么，你会高兴的。"

"是什么？"

"当我听见他们撞门的时候，我跑到了你的房间。我把它藏在了我的外套下，这样他们就不会发现了。"她将他拉向长凳，他们的妈妈正坐在那里。

洛伦佐看见皮亚将手伸到长凳下取出了一样东西。

低头看着皮亚手中的东西，他一瞬间不知道该说什么，他妹妹为他所做的事让他非常感动。在小提琴盒内，拉迪亚诺拉依然舒适而安全地待在她的天鹅绒摇篮里。他摸着这上过漆的木头，哪怕是在这样寒冷的房间里，它依然让他的指尖感到了温暖，就像有生命的血肉一般。

透过模糊的眼泪，他看着妹妹说："谢谢你。"然后又抱住了她，继续说，"谢谢你，亲爱的皮亚。"

"我知道你会为了它回来的。我知道你会为了我们回来的。"

"我在这儿了。"就在他应该在的地方。

第二天早上，他被小孩儿的哭泣声所吵醒。

在这块地板上睡觉让他感觉浑身僵硬，洛伦佐一边呻吟地坐起身来，一边揉着惺忪的睡眼。阳光透过肮脏的窗户照射在礼堂内，给每个人的脸上涂上了一层单调而冰冷的灰色。在他旁边，一个看上去筋疲力尽的妇女正在试图让烦躁的婴儿安静下来。一个老头儿前摇后晃着，呢喃着只有他自己懂的话。

洛伦佐目光所至的每一人都耷拉着肩，满脸沮丧，其中许多人还是他认识的。有珀尔马特家，他们家的女儿有着兔唇。有桑吉内蒂家，他们有一个十四岁的男孩，曾是洛伦佐的小提琴学生，但因为缺乏兴趣最终放弃了学习。还有珀拉蔻家，他们家是开裁缝店的。伯杰先生，他曾是一家银行的行长。年迈的拉文那太太，不管什么时候，只要她和洛伦佐的母亲一见面，两人就会争吵。不管年轻或年老，学者或劳工，他们现在都陷于同样的苦难境地之中。

"他们什么时候会给我们送食物来？"珀尔马特太太悲叹道，"我的孩子饿了！"

"我们全都饿了。"一个男人插嘴说。

"你可以不吃东西，但孩子们不行。"

"说你自己就行了，别带上其他人。"

"你的想法就那么狭隘吗？除了你自己就没有别人吗？"

珀尔马特先生把手放在妻子的手臂上，试图让其冷静下来。"我们这样争吵无益于任何人，请都别吵了。"他又笑着对他们的孩子说，"别担心，他们很快就会拿吃的东西给我们的。"

"什么时候，爸爸？"

"午餐的时候，我保证，你会看到的。"

但午餐时间到了又过去了，晚餐时间到了也过去了。一整天都没有食物，第二天也没有。他们入口的只有从厕所水龙头流出来的水。

到了晚上，孩子们因饥饿而哭泣的声音让洛伦佐无法入睡。

躺在皮亚与马尔科旁边在地板上，他闭上了眼睛，试图忘记食物的事，但他又怎么可能做得到呢？他想起了上一顿在巴尔博尼教授家餐桌上的食物：清爽滑口的清炖肉汤，他从来没有吃过那么好吃的清炖肉汤。来自咸水湖新鲜的鱼，那鱼是如此的小，以至他把骨头都吃了。他还想起了蛋糕与红酒，散发着诱人香味的烤鸡。

妹妹醒来抱怨着，饥饿一直追到了她的梦里。

他抱住她，低声说："嘘，皮亚，我在这儿，一切都会变好的。"她紧紧地靠着他，再次回到睡梦中，但他依然睡不着。

当第一个布麻袋从开着的窗户被扔进来的时候，他是完全清醒着的。

麻袋落在了一个睡着的女人身边，吓醒了她，她在黑暗中哭叫着："现在他们想杀了我们！想要在我们睡着的时候砸碎我们的头！"

第二个麻袋也被扔了进来，一些东西滚了出来，在地板上发出辘辘声。

"有人在扔东西给我们？他们为什么要这样做？"

洛伦佐爬上长凳，从高高的窗子望出去，看见两个朦胧的人形蹲伏在下面，其中一个人正在把第三个麻袋举过窗台，朝房内扔去。

"喂，你！"洛伦佐叫道，"你们为什么要这么做？"

其中一个人抬起头，圆月撒下了明亮的光线，使他看见了一个穿着黑衣服的老妇人的脸。她把手指放在嘴唇上，请求安静点，然后她和她的同伴急忙地逃离，隐入黑暗之中。

"苹果！"一个女人高兴地叫道，"这里有苹果！"

一些人点亮了蜡烛，借着微弱的光，他们看见了馈赠的食物已经从麻袋中滚出。大块烤过的面包，被包在报纸内的楔形奶酪。一布袋煮过的土豆。

"先给孩子们！"一个妇女请求说，"孩子们！"

但人们已经开始争抢食物，在被抢尽之前，还有小股的打斗。两个女人互相抓着对方，为一块奶酪战斗着。一个男人将一个土豆往嘴里塞，贪婪地咀嚼着，不让任何人有机会将其夺走。

马尔科也投入到了混战之中，过了一会儿带着半条面包出现，这是他能为他的家人所捞到的一切。他们挤成了一团，保护着他们的财富，同时马尔科将面包撕成了五份，给每人分了一份。这面包硬得像皮革，至少已经放了好几天了，但对洛伦佐来说它就像最柔软的蛋糕一样。他享受地嚼着每一口，愉快地闭着双眼，感受着面包在他嘴中溶解成酵母的甜味。他回想着他这辈子此前所吃过的所有的面包，在品尝它们的时候他是有多么草率啊，因为面包就像空气，作为每一顿的主食，他吃起来的时候总是感觉理所当然。

在他舔净了手指上的最后一丝面包屑的时候，他注意到他的父亲并没有吃掉他自己的那份。仅仅是低头看着手中的面包。

"爸爸，吃啊。"洛伦佐说。

"我不饿。"

"你怎么可能不饿？你已经两天没吃东西了！"

"我不想吃这东西。"他的父亲把面包递给了他，"给，把它分给你、皮亚还有马尔科。"

"别疯了，爸爸。"马尔科说，"你需要吃东西。"

布鲁诺摇了摇头："这都是我的错，一切都是我的错。我应该听你和巴尔博尼教授的话。我们应该在几个月前就离开意大利。我就是个又老又顽固的蠢货！"面包掉到了地上，他把脸埋在了手里，前倾着的身体因为哭泣而颤抖着。洛伦佐从来没有见过他父亲哭泣。这个心碎的男人真的是他父亲吗？真的是那个坚持认为自己知道什么才是对这个家庭最好的男人吗？真是的那个固执地保持琴店每周营业六天，哪怕客户越来越少的情况下依然坚持的男人吗？

在过去五年，布鲁诺隐藏着自己的怀疑，承受了每一个决定的压力，不管好的或坏的决定，他是多么坚强的人。而他的决定最终带着他们来到了这里。洛伦佐被他父亲崩溃的眼神所震惊了，不知道该说什么，该做什么。

但他妈妈知道，她环抱着丈夫，拉着他的脸抵在自己的肩膀上。"不，不，布鲁诺，这并不是你的错。"她说，"我不能放弃爸爸，我也不想离开，所以这也是我的错。是我们一起做出的决定。"

"现在，我们一起承受后果。"

"这不会一直持续下去的。事实上，这个劳工营又能有多么的可怕呢？我不害怕工作，我知道你也不害怕。最重要的是我们能在一起，难道不是吗？"她抚开他的头发，吻了吻他的额头。

洛伦佐已经不记得上次他父母亲吻或拥抱是什么时候了。在家里，他们总是像两颗不同轨道的行星沿各自的轨道运行着，一起循环运行，但从来不相触碰。他无法想象他们会为彼此燃烧自己，就像他会为劳拉燃烧自己一样。但在这里，他们的确在这样做，像恋人一样紧紧地拥抱着。他真的了解他的父母吗？

"爸爸，请吃吧。"皮亚请求说，把面包放在了布鲁诺的手上。

布鲁诺盯着它，就好像以前从来没有见过面包一样，不知道要如何处理它。当他开始吃的时候，并没有从中感觉到快乐，反而像是在履行职责一样，他之所以吃它只是为了取悦他的家人。

"好了，现在。"他的妻子笑着说，"一切都会变好的。"

"是的。"布鲁诺深吸了一口气，站了起来，一家之长再次振作了起来，"一切都会变好的！"

在第三天黎明的时候，门突然被猛地打开了。

睡梦中的洛伦佐被靴子重踩地面的声音吵到，迷迷糊糊地醒来。当他站起来，一群穿着制服的男人正蜂拥进来。他们的身上都戴着党卫军的法西斯徽章。

在小孩恐惧的惊叫声中，一个声音如炸弹般地喊道："立正！肃静！"这名军官并没有进门，而是在门口发出的命令，就好像房内的空气是污秽的，他不想自己的肺被污染一样。

皮亚拉住了洛伦佐的手，她在颤抖着。

"根据《迪维罗纳法案》的第七条法令，你们已被划分为敌国公民。"这名军官宣布说，"根据警方在十二月一日颁布的第五号令，你们将被转移到俘虏收容所。对于那些患有严重疾病的人或老人，政府部门已予以赦免，但你们这些人都全部被认定为身体健康，符合被转移条件的人。"

"那么说外公是安全的了？"皮亚说，"他们不会把他从疗养院中赶出来的，对吧？"

"嘘。"洛伦佐握紧她的手提醒说。

"火车已经在等你们了。"这名军官继续说，"在你们上车之后，你们将被允许写一封信。我建议你们告诉你们的朋友和邻居，你们一切安好，不用他们担心。我向你们保证，你们的信一定会被送到。现在，带上你们的东西，带上你们能带的东西到车站去。"

"你看！"埃洛伊萨对布鲁诺说，"他们甚至允许我们写信，而爸爸也能待在疗养院内。我会写信给他的，这样他们就不用担心我们了。而你必须要写信给巴尔博尼教授。告诉他，他所说的那些吓唬人的事都没发生，一切都很好。"

在他们的队伍中有那么多的家庭，有那么多的小孩，因此去车站的路程走得很慢。他们排成队，缓慢地经过那些洛伦佐曾无数次经过的非常熟悉的橱窗、桥，旁观的人聚集在一旁却安静得可怕，仿佛在看一群幽灵在游行。

在这些旁观的人中，他看见了邻居家的小女孩儿伊莎贝拉，她正举着手臂向他挥舞，但她的父亲抓住了她的腰，猛地将她的手拉了下来。在洛伦佐经过的时候，这个男人没有去看他，而是低头看着鹅卵石，仿佛看他一眼就会被判决一样。

这安静的人群经过广场，在其他的日子，他们会在这儿听到笑声与唠叨声，女人们呼唤着他们的孩子。但今天这里只有慢慢移动的脚步声，这么多的脚，列着纵队疲惫地前行着。而那些目击他们通过的人也不敢发声抗议。

在这样的寂静之中，突然有一个声音叫了起来，令众人吃了一惊。

"洛伦佐，在这里！我在这里！"

一眼望去，他只看到阳光下闪耀的金发，她一边推着一群站在她前面的人一边乞求说："让我过去！我需要过去！"

当她挤到前面的时候，用双臂绕住了他，双唇也靠了上去，她尝到了咸咸的眼泪。

"我爱你。"洛伦佐说，"等我。"

"我保证，你也要保证回来找我。"

"你，女孩儿！"一个警卫叫道，"快走开！"

劳拉被拉离了洛伦佐的手臂，而他也被拖回了先前的人群中，人群推挤着他前进，永远地前进着。

"答应我！"他听见她的呼唤声。

他转过身，绝望地向她投去最后一瞥，但她的脸已经淹没在了人群中，只能看见一只洁白的手伸在空中摇摆着告别。

"他们都是瞎子，全都是。"马尔科说，"他们蒙蔽了自己的眼睛，拒绝去看眼前所发生的一切。"

他们的父母与妹妹都在他们身边打呼噜，火车的运行声令人平静而昏昏欲睡，而兄弟两人则在轻声交谈。

"这些写给家里的信毫无意义。他们让我们写信是想要让我们保持平静，让我们分心。"他看着洛伦佐说，"你写给了劳拉，对吧？"

"你是说我的信不会被送到？"

"哦，她可能会收到。但为什么？你想想。"

"我不知道你到底想问什么。"

马尔科不屑地哼了一下："因为你也像其他人一样是个瞎子，我的弟弟！你的整个生活就像在云上，只知道梦想你的音乐，相信'哦，是的，幸运的人会获得应得之物！'你幻想你会和劳拉·巴尔博尼结婚，生下完美的孩子，永远地拥有快乐的生活，演奏着美妙的音乐。"

"至少，我不会痛苦和气愤，不像你一样。"

"你知道为什么我感觉痛苦？因为我看见了事实。你的信会被转交。皮亚的和妈妈的也会。"他看了一眼正在睡觉的父母，他们两个正蜷缩着身体依偎在一起，手臂也互相缠绕着，"你看见了妈妈写的废话了吗？我们的火车有非常舒适的三等座。他们向我们承诺，我们在营地的住宿条件也会不错。说得就好像是去科摩度假一样！我

182

们的朋友和邻居都会完全相信这些话，以为我们是在去旅游的火车上，然后他们也不会担心。就像爸爸拒绝担心一样。他的一生都在用他的双手在工作，他不相信那些自己没亲眼所见、亲手所摸过的东西。他缺乏对最糟糕情况的想象。这也是为什么甚至没有人反抗，因为他们都想相信最好的情况会出现。因为思考那些最糟糕的情况会让他们感觉恐惧。"他看着洛伦佐说，"你有没有注意到，他们没有告诉我们火车开往哪个方向？"

"我怎么知道？他们甚至把所有的窗户都关上了。"

"因为他们不想我们知道我们正在去哪儿。但通过影子的方向，你可以知道太阳是在哪边。"

"他们告诉我们，我们要被送去福斯奥利的俘虏收容所，我们全要被送到那里。"

"这是他们说的。但看这光线，洛伦佐。看这火车影子的方向在往哪边倾斜？我们不是要去福斯奥利。"马尔科冷酷的眼神盯着前方，用平静的声音说，"这火车正向北方驶去。"

第十四章

罗伯满怀着对我的愤怒，我听见他重重地关上了前门，激动地冲进了厨房。

"你为什么取消了与罗丝医生的预约？"他询问说。

我只看了他一眼，就继续切着做晚餐用的萝卜与土豆。今晚的菜是烤鸡，鸡上抹着橄榄油与柠檬汁，以及经过调味的迷迭香与海盐。这将只是我们两人的晚餐，因为莉莉依然还在瓦珥家。她的离开让家里太安静了，甚至让人感觉这房子有些不对劲。就好像我掉进了某个充满悲伤的平行宇宙，而真实的房子则存在于另外一个地方。在那个地方，我们一家人依然开心地在一起，我的女儿依然爱着我，而我的丈夫也没有站在厨房瞪着我。

"我没有心情去看她。"我对他说。

"没有心情？你知道要把你临时排进她的时间表内有多么难吗？"

"见那精神科医师是你的主意，不是我的。"

他苦笑了起来："是的，她预期到你会抵抗，她说过拒绝也是你的问题之一。"

我平静地放下刀子，将脸转到了另外一个宇宙的另外一个版本的罗伯面前。不像我那冷静穿着笔直西装的丈夫，这个我眼前的男人看上去有些激动与恼怒，领带也歪了："你曾去看过她吗？你们两个已经讨论过我了？"

"当然，我们讨论过！我已经无能为力了，需要找个人讨论一下。"

"那么她告诉了你什么？"

"你太执着于那首该死的曲子了，你没有找到真正的问题所在。你在回避莉莉，你在回避我。"

"如果有人扎了你的腿，你也会回避对方的。"

"我知道你认为莉莉是问题所在，但罗丝医生花了三个小时观察她。她看上去非常完美而正常，只是一个迷人的三岁小孩。没有暴力倾向的小孩，也没有任何病理上的征兆。"

我盯着他，被我所听到的震惊了："你带着我的女儿去看了一个精神科医师却没有告诉我？"

"你感觉这样对莉莉就很好？她在瓦珥家的时候比在家里还多，这让她感觉很困惑。与此同时，你还天天往罗马打电话。我看见了电话账单，那个可怜的店主可能会想这个疯女人能不能放过他！"

他说出"疯"这个字就好像扇了我一巴掌，这是他第一次当着我的面这么说，但我知道他一直是这样想的。我是他的疯老婆，另外一个疯女人的女儿。

"哦，上帝，朱莉娅，对不起。"他叹气道，然后又平静地说，"请，去和罗丝医生见一面吧。"

"见与不见有什么区别吗？你的话听上去就好像你们两个已经确诊我精神失常了。"

"她是一名非常好的精神科医师，易于交谈，我想她真的非常关心她的病人。莉莉立刻喜欢上了她，我想你也会的。"

我回过身拿起砧板上的刀。开始再次默默地切着萝卜，而且有意切得非常慢。哪怕当他走到我背后，用手臂环住我的腰的时候，我也依然保持着沉默，手中的刀撞击着木头。

"我这样做是为了我们。"他轻声说，并吻了我的后颈。他呼出的热气使我颤抖，就好像是一个陌生人触碰我——并不是我爱慕的丈夫，不是我过去十年间所爱的那个男人，"是因为我爱着你们两个人，你和莉莉。我在这世界上最爱的两个女人。"

晚上，等到罗伯睡着之后，我爬下了床，下楼开启了他的电脑，并在网上搜索有关黛安娜·罗丝医生的相关信息。罗伯是对的，我花费了太多的精神在搜寻"Incendio"的来源上，忽视了家中的事物。我需要知道更多关于这个已经认定我是抵抗者，拒绝相关的治疗的罗丝医生的情况。她用巧妙的手法进入了我的家庭，迷住了我的女儿，给我的丈夫留下了深刻的印象，而我到现在为止对她一无所知。

谷歌搜索到了许多的相关信息，"黛安娜·罗丝医生，住在波士顿"，她的专业网站罗列了她的专业（精神病学）、从业信息（位于波士顿市区的地址、与多家医院有从属关系）、教育信息（波士顿大学和哈佛大学医学院）。但她的照片吸引了我的注意力。

当罗伯称赞她的时候，他并没有告诉我，罗丝医生是一个令人目眩的黑发美女。

我点击了下一条谷歌链接，这是一条有关马萨诸塞州的伍斯特市的一个诉讼案件的新闻，罗丝医生在这个案件中担任了专家证人。她对丽莎·韦尔东太太进行了测试，认定其对孩子有危险。因为这条证词，法院将监护权判给了孩子的父亲。

恐惧感让我的胃打结。

我又点击了下一条链接，是另外一个诉讼案件，我看见了一个词"能力听证"。罗丝医生在马萨诸塞州的一家法院出庭作证，建议对一位名叫莱斯特·海斯特的先生实行非自愿性收容，将其送进精神病院，因为他会对自己做出危险的事。

在接下来我浏览的网页中，我发现"能力"这个词一次又一次地出现。她决定着患者是否对他人或自己有危害，是否应被关在一个机构内，就像我母亲一样。

我关掉了网页，盯着电脑屏幕，发现有一张新的照片被设置为墙纸。罗伯是什么时候换的？在一周以前，那墙纸还是我们三人的照片，是我们三人在后花园里照的。现在，照片上只有莉莉，她的头发在阳光下耀眼地闪烁着。我感觉自己从这个家庭被抹去了，仿佛如果我低头看手臂，会发现它们正在消失一般。要在多久以后，会有一个不同的女人的脸出现在这个屏幕上？是否会是那个眼神无邪，认为我的女儿是可爱、迷人且极其正常的女人？

黛安娜·罗丝医生本人就像她在网页上的照片一样，是一个极具魅力的女人。她在五楼的办公室有几个大窗户，你可以从这里俯瞰查尔斯河，但景色被窗帘所遮蔽着。这被遮蔽着的窗户让我感觉有些幽闭恐惧症，就好像我被关在了一个白色的盒子里，盒子里有些白色的家具。就好像如果我不能说出正确的话，那么我就无法证明自己是神志正常的，这个女人就会把我永远地关在这里。

她的第一个问题是无伤大雅的。我在哪里出生，在哪里长大，我的健康状况怎么样？她有双绿色的眼睛，无瑕的皮肤，身上乳白色的丝绸衬衣有些透明，刚好能显出她胸罩的外形。我很好奇，我丈夫当初坐在这张我正在坐着的沙发上时，是否注意到了这些细节。

她的声音甜美动听，让人感到安慰，而且她非常善于让人感觉她真的非常关心我的幸福，但我认为她是一个窃贼。她偷走了女儿的感情和丈夫的忠诚。当我告诉她我在新英格兰音乐学校获得了学位，是职业乐手的时候，我想我看见了她嘴唇鄙夷地上翘了一下。她是否认为乐手根本算不上是真正的职业？她的毕业证书与获奖证书都被装在了框里，挂满了她的墙，就像证据一般，证明着她比仅仅身为一个乐手的我更加优秀。

"所以你认为一切都始于你演奏那首名为'Incendio'的曲子。"她说，"告诉我更多关于这首音乐的信息，你说过，你是在罗马找到它的。"

"在一个古董店里。"我说。

"你为什么要买它？"

"我在收集音乐，我总是在搜寻那些我没有听过的曲子，那些独特而又优美的曲子。"

"而你仅仅是看了一眼，就知道这首曲子非常优美？"

"是的，当我读乐谱的时候，我能在脑海里听到音符的声音。我想它可以被我的四重奏乐团演奏。当我到家之后，我用我的小提琴演奏了它，就在那时，莉莉……"我顿了一下，"从那时起，她就变了。"

"然后你就确信是'Incendio'造成的这一切。"

"这首曲子有些问题，有一些非常黑暗而又扰人心神的东西在里面。它有着非常消极的能量，在我第一次演奏的时候我就感觉到了，我想莉莉也感觉到了。我想，她的行为是对此做出的反应。"

"所以说这是她伤害你的原因。"罗丝医生的表情非常自然，但她无法掩藏住声音中的怀疑，就像完美的演奏中一个刺耳的音符，我能非常清楚地发现它，"因为这音乐的消极的能量。"

"我不知道还能说什么，总之这首曲子有些问题。"

她点点头，仿佛明白了一般，但毫无疑问，她并不明白。

"这就是为什么你一直往罗马打电话的原因？"

"我想要知道这首曲子来自何处，它的历史。这可能解释为什么它会对莉莉产生影响。我曾尝试去接触卖给我这首曲子的人，但他没有接电话。他的孙女在几周前给我写了封信，说她将帮我问问看。但从那以后，我再也没有收到任何消息。"

罗丝医生呼了口气，调整了下坐姿。这是一个无言的信号，显示着她将改变策略："对于你女儿的危险性，你是怎么看的？安斯德尔太太。"她用平静的口气问道。

这问题让我顿了一下，因为我也不知道自己确切的答案。我回忆起莉莉刚出生时对我露出的笑容，及我当时的想法：这将是我一生中最快乐的时刻。我回忆起有个夜晚她发了高烧，因为害怕失去她，我是多么的狂乱。然后，我又想起，那天我低头看见玻璃碎片扎进了我的腿，听见我女儿说着"伤害妈妈、伤害妈妈"的话。

"安斯德尔太太？"

"毫无疑问，我爱她。"我本能地回答。

"哪怕她伤害了你？"

"是的。"

"哪怕她变得和以前不一样了？"

"是的。"

"你是否认为这是你对她冲动的反馈？"

我看着她说："什么？"

"比如和平常不一样的感觉。"她平静地说着听上去非常合理的话，"哪怕是最有耐心的父母，都有可能变得严厉，从而指责或打孩子。"

"我从来没有伤害过她，我从来没有想过要伤害她！"

"那么你是否认为这冲动伤害了你自己？"哦，她是这么轻易地就说出了这些话，我能看见她问题的方向。

"你为什么要问这个？"我问。

"你被伤害了两次，一次被刺了腿，一次从楼梯上摔下来。"

"我没有刺自己，也没有把自己从楼梯上摔下来。"

她叹了口气，就好像我没有明白其他所有人都会明白的事："安斯德尔太太，事故发生时没有任何其他的人在场。事情是否有可能不像你记忆中的那样？"

"它们完全是我所说的那样。"

"我只是尝试对情况进行评估，绝对没有任何敌意。"

这就是她从我声音中听出的东西吗？我深吸了一口气，哪怕我有许多让我具有敌意的理由。我的婚姻正在崩溃，我的女儿想要伤害我，而罗丝医生看上去是如此的平静，一副尽在掌握之中的样子。

"听着，我不知道我为什么要和你谈话。"我说，"我想这是在浪费我们双方的时间。"

"你的丈夫非常担心你，这是你来这儿的原因。他说你消瘦了很多，而且还失眠。"

"他还告诉你什么了？"

"他说你疏远了你们的女儿，也疏远了他。你看上去心事重重，看上去没有听进去他所说的话。这也是为什么我要在这里问你问题的原因。你是否听到过其他什么声音？"

"你这话是什么意思？"

"在你脑海中与你说话的声音，一个不存在的人和你说话，告诉你要做什么，可能是它伤害了你呢？"

"你在把我当精神病人来问话。"我大笑了起来，"我的答案只有两个字，罗丝医生，那就是'没有'，就是该死的'没有'！"

"我希望你能明白，这是一些我必须要问的问题。你的丈夫担心你们女儿的幸福，因为白天他必须要去工作，我们必须确保你们的女儿和你单独在家的时候她的安全。"

终于，我们说到了我坐在这个精神科医师办公室的真正原因。他们认为我对莉莉是种威胁，认为我可能和我母亲一样，是个杀手，而莉莉必须要被保护着远离我。

"我被告知，你的女儿现在和你的姑妈在一起，但这并不是一个长期的解决方案。"罗丝医生说，"你的丈夫最终想让你的女儿回家，但他同时也想要确保她的安全。"

"你难道不认为我也想让我女儿在家吗？从她出生那天起，我就对她难舍难分。因此她的离去，我感觉自己的某一部分就像丢失了一样。"

"哪怕你想她回家，但想想发生过的事。你迟了好几个小时都没把她从托儿所领回去，而你自己没认识到这一点。你认为你的女儿有暴力倾向，想要伤害你。你被一首你认为有邪恶力量的曲子所困扰着。"她停了一下，然后说，"而且你的家族有着精神病史。"

这一切都是在画一张丑陋的画，任何人听了这无情的事实，都无法反驳她的结论。而她接下来所说的话也在意料之中。

"在我认为你女儿合适回到你家中之前，我认为还需要对你进行进一步的评估。我建议你住院观察一段时间。在伍斯特市外有一个非常好的诊所，我保证你可以在那里过得非常舒适。这是完全自愿的，你可以将其视为一个短暂的假期，一段可以暂时放下所有职责的时间，只关注你自己。"

"我们所讨论的这个短期假期有多短？"

"现在我还不能确定。"

"因此这可能是几周，甚至几个月？"

"这要根据你的情况而定。"

"那么又是谁来鉴定我的情况呢？你吗？"我的话让她背靠在了椅子上。

无疑，"患者极具敌意"这句评语将被她写在诊疗记录里。这又是一个细节——朱莉娅·安斯德尔看上去如此焦躁不安——在人们眼中她就是一个疯狂的母亲。

"我要强调一下，这个评估周期是完全自愿的。"她说，"你可以在任何时候签字离开诊所。"

她说得好像我可以有选择的余地似的，就好像之后发生的事完全取决于我，但我们双方都知道——我是被关在这里的。如果我说不，我会失去我的女儿，甚至我的丈夫。事实上，他们两个人我都已经失去了。我现在只剩下自由，而这自由还完全取决于罗丝医生。她只需要声称我对我自己或其他人有危险，我就会被关进收容所的门内。

就在我思考如何回答的时候，我感觉到她正盯着我的目光。我告诉自己，必须要保持冷静，必须要让自己讨人喜欢。

"我需要一些时间来准备一下。"我说，"我想要先和我丈夫谈一下，并确保我的姑妈瓦珥能照顾好莉莉。"

"当然，我理解。"

"因为我可能会离开一段时间，许多事情都需要安排。"

"我们并不是在说永远，安斯德尔太太。"

但对于我的母亲，那就是永远。对我的母亲来说，精神病院就是她短暂而混乱一生的最后一站。

罗丝医生带着我来到候诊室，我的丈夫罗伯已经在那儿坐着了。为了确保我来就诊，他亲自开车送我到此，我看见他用询问的目光看着罗丝医生。她对他点了点头，她的沉默说明着一切顺利——这个疯女人将会配合他们的计划行事。

而我，将会合作。除此之外，我还有选择的余地吗？在罗伯开车的时候，我温顺地坐在车上。当我们到家的时候，他逗留了一会儿，确保我不会跳窗子或扭伤我的手腕。我在厨房转悠，把水壶放在了灶上，想尽可能展示自己的正常，尽管此时我的神经是如此的焦躁，可能会在一瞬间就断裂掉。

当他最终离开去工作后，我一下子松懈了，瘫坐在厨房的椅子上哭泣着，看上去像是一个已经变得精神失常的人。

我把头埋在手中，想了想精神病院的事。据罗丝医生所称，那是个诊所，但我知道他们想把我送到什么样的地方。我看过我母亲一直待到死的那个精神病院的照片，那里有美丽的树，修剪过的草坪，当然，还有上锁的窗户。难道那就是我想要待到生命终点的地方吗？

水壶的"呜呜"声将我的注意力拉回到了现实之中。

我起身将开水倒进了茶壶中。然后坐在餐桌前，桌上放着堆邮件。这是过去三天的，都未被打开，也证明了我们现在是多么心烦意乱，家庭的危机让我们无心去处理这些日常问题，比如熨烫衬衫或支付账单。也难怪最近罗伯看上去非常凌乱，因为他的妻子正陷入疯狂，无暇去给他的衣领上浆。

在信件堆最上面的是一封免费美甲邀请函，但我根本没有心情去管我的指甲。突然之间，我的情绪狂乱，将眼前的信件全部扫飞，落得到处都是。其中一封落在我脚边的地板上。那是一封印着罗马邮戳的信，我看到了寄件人的名字，安娜·玛丽亚·皮托尼。

我捡起信，打开了信封。

尊敬的安斯德尔太太：

我很抱歉隔了那么久才给你回信，因为我们遭遇了灾难——我的祖父死了。就在我写信给你的几天后，他就在店里被强盗杀害了。警察正在调查，但破案的希望渺茫。我的家人们正在服丧，希望不被打扰。我很抱歉，我们已经无法再回答你的问题。我请求你不要再打电话或写信给我们。请尊重我们的隐私。

我盯着安娜·玛丽亚的信看了很久。我想和别人诉说我的绝望，但和谁呢？不是罗伯，也不是瓦珥，不是那些已经认为我陷入"Incendio"魔怔的人。也不是罗丝医生，她肯定会想把这作为我发疯的证据之一。

我拿起电话拨通了格尔达的号码。

"哦，我的上帝。"她说，"他被杀了？"

"我完全无法理解这事，格尔达。他根本没什么东西，他的店里没什么值钱的东西，一些旧家具，还有一些难看的油画。而在街上还有许多其他的古董店，他们为什么要选择他作为目标呢？"

"可能是因为他是个比较容易的目标吧，也许他店里有一些值钱的东西你没注意到。"

"旧书和乐谱？那就是他店里最值钱的东西了，但根本不值得去偷。"我低头看了一下这封来自罗马的信，"这位孙女不想再和我说话了，因此我们可能永远无法找到这首曲子的来源。"

"还有一个方法。"格尔达说，"我们有那个威尼斯的地址，写在那本 *Gypsy* 书上的那个地址。如果那位作曲者曾经住在那儿，我们可以循着这条线索找到他的家人。也许他还写了一些其他没有被发表的音乐呢？说不定我们也许能第一个对这些音乐进行录音呢？"

"你的幻想甚至走到了我的前面，我们甚至不知道他是否曾住在那里。"

"我会尝试去找的。我正在打包去的里雅斯特的行李，记得我和你说过的那个现场演出吗？在演出结束之后，我就会动身去威尼斯。我已经在多尔索杜罗区找到了一家非常可爱的小旅馆。"她停了一下说，"你为什么不和我在那儿见面呢？"

"在威尼斯？"

"你最近听上去是那么的沮丧，朱莉娅，你可以逃避到意大利一会儿。我们可以找到'Incendio'的神秘之处，同时让你放松一下。怎么样？罗伯是否会放你一个星期的假？"

"我希望我能去。"

"你为什么不能？"

"因为我将被关进精神病院，可能再也无法去意大利了。"我心想。

我低头看着信，回忆起我发现乐谱的那家昏暗的小店，店门口的石像，还有美杜莎形状的门环。当时在店中我就感觉到了彻骨的寒冷，就好像已经预知不久死亡即将拜访此处。而且，我还将这诅咒带回了家——这个伪装成一张乐谱的诅咒。哪怕我现在就在这里烧了它，也不认为我能从这个诅咒中解放出来。我将永远失去我的女儿，我肯定不会只被关在精神病院一小段时间。

如果我想要反抗，那么，这可能是最后的机会，拯救我家庭的唯一机会。

我抬起头问格尔达，说："你什么时候会去威尼斯？"

"在周日，的里雅斯特会有一个节日庆典。我计划在周一的时候坐火车去威尼斯。"

"我刚改变主意了，我会在那里和你见面。"

一

第十五章

当所有人都相信你极度配合的时候，想要逃离现有的生活偷溜到另外一个国家是一件非常简单的事。我在旅程网上买了机票（在当前价位已经只剩两张票了！），然后在第二天下午就离开了，在第三天早晨就到达了威尼斯。

　　我让瓦珥在我住院治疗期间照顾莉莉，认真地听罗伯所说的每一句话，而不管他所说的话多么愚蠢，这样，他在和我说话的时候，就不会说我幻听了。我一次性做了三道精致的菜，带着微笑招待了他们俩，而且完全没有提起"Incendio"和意大利。

　　到了我登机的那天，我告诉他，我会在我的美发师那儿待到下午五点，当你听到这个借口的时候可能会感觉可笑，因为一个将要进入疯人院的女人怎么会去关心头发？但罗伯认为这十分合理——

开始的时候，他并没有担心我在何处，直到发现晚上我没有回家。

而在这时，我已经身处大西洋上空，坐在二十八排中间的位置，在我的右边是一个意大利老妇人，在我的左边是一个看上去心烦意乱的商人。这两个人都没有想和我说话的意思，这太糟了，我现在很绝望，想要和别人聊天，任何人都行，哪怕是这两个陌生人。

我想坦白我是一名逃出来的妻子，我很害怕，但也有些兴奋。而且我已经没有什么可以失去的了，因为我的丈夫认为我是一个疯子，而我的心理医生想要把我关起来。我从来没有做过如此疯狂且冲动任性的事，但感觉却是不可思议的棒。这感觉就像是真正的朱莉娅逃出了牢房，有一个任务需要她去完成，一个或许将挽救她女儿和生活的任务。

机组人员把舱内的灯光调暗，我周围的每个人都舒适地坐着，准备睡觉。但我十分清醒，想着家中正在发生的事——罗伯肯定会打电话给瓦珥和罗丝医生，他还会报警，说"我的疯老婆失踪了"。他不知道我刚刚离开了美国，只有格尔达知道我要去哪里，而她现在已经在意大利了。

虽然我曾去过罗马数次，但只去过威尼斯一次，那还是四年前我和罗伯到那里去度假的时候。那是八月份，整体城市给我的感觉就像是迷宫一般，到处都是小巷与桥，到处都是人，到处都是黏糊糊汗津津的皮肤互相触碰着。汗水、海鲜、防晒霜混杂的味道依然存在于我的记忆之中，还有那白色的灼热阳光。

再一次，在我走出机场的时候，阳光投在了我的身上，使我一阵头晕目眩。没错，这就是我记忆中的威尼斯，只是变得更加拥挤，变得更加昂贵。

仅是为了坐船去附近的多尔索杜罗区，我就几乎花光了所有的欧元现金。格尔达已经在多尔索杜罗区的一家小旅馆内订了一间房间。穿过一条安静的小巷，我看见了一幢朴实无华的建筑，灰暗的大厅里摆着几张丝绒椅子。在格尔达的眼中，这种有地方特色的事物是极具魅力的，但对我来说只体验到了破旧感。尽管她还没有入住，但我们的房间已经准备好，房内摆着两张床，看上去非常干净而诱人。我已经筋疲力尽，甚至懒得去洗澡就把自己扔在了床上，并且立即进入了梦乡。

"朱莉娅。"一只手在轻轻地推着我，"喂，你要不要起来？"

我睁开眼，看见格尔达正俯身在我上面。她看上去非常愉快，神采奕奕，甚至有些太精神了，我心想。一边呻吟着伸了个懒腰。

"我想我已经让你睡得够久了，是时候让你起来了。"

"你什么时候到的？"

"几个小时前，我到外面转了一圈，还吃了顿午饭，现在是下午三点了。”

“我在飞机上完全没有睡觉。”

“如果你不马上起来，你晚上会睡不着的。起来吧，不然你永远调整不好时差。”

正在我起来的时候，我那放在床头柜上的手机震动了。

“这手机已经震动了好几次了。”她说。

“我把铃声关掉了，好睡觉。”

“也许你应该看下信息，感觉有人很想要联系到你。”

我拿起电话，看了下错过的电话与信息，有五六个，罗伯、罗伯、罗伯、瓦珥、罗伯。我把手机放进了手提袋，“没什么事，只是罗伯在确认我到达没。”

“你来威尼斯的事，他同意了吗？”

我耸了耸肩：“他会理解的，如果他打电话给你，你也别接，不然也会烦到你的。”

“你告诉过他你要来威尼斯的，对吧？”

“我告诉他我需要离开一会儿，就这么多。我说我要来一次女孩儿的假期，等我感觉不错了，感觉休息够了，就会回家的。”看着皱着眉头的格尔达，我又补充了一句，“没什么可担心的，我的信用卡额度可以支撑我很长一段时间。”

“我不担心你信用卡的事，我现在在担心你和罗伯的事。离开家却不告诉他你去哪儿，这不像是你的作风。"

"是你邀请我来的，记得吗？"

"是的，但我不想你跳上一架飞机却没和他商量过。"她研究着我，"你想要讨论这个问题吗？"

我躲避着她的视线，看着窗外说："他不相信我，格尔达，他感觉我是在妄想。"

"你是说，那首曲子？"

"他不明白那首曲子的力量，所以也无法明白我为什么要这样追寻作曲者，他会把这次旅行称为疯狂之旅。"

格尔达叹了口气："我猜我也肯定是疯了，因为我也是来寻求同样的答案。"

"接下来我们应该开始了。"我拿起肩包挎在了肩上，"我们去找达卡莱福尔诺街吧。"

我们很快就发现，在威尼斯有不上一个达卡莱福尔诺街。我们找到的第一个位于圣十字区的塞斯提（sestiere，是某些意大利城镇或城市的组成部分之一）。在下午四点的时候，里亚尔托桥附近的小巷到处都是游客，他们出入于附近的商店与酒吧。哪怕现在已经不早了，空气中的热度依然沉闷得令人窒息，而时差依然让我有些头晕。

我们无法在这条街上找到11号，因此在一家冰激凌店停了下来。

格尔达竭力用她蹩脚的意大利语和柜台后的中年妇女交流着，这妇女看了看那手写的地址，摇了摇头，叫了一声坐在角落桌子边的一个消瘦的青年男孩。

男孩有些闷闷不乐，拿掉了 iPod 的耳塞，用英语对我们说："我妈妈说你们找错街了。"

"但这里就是达卡莱福尔诺街，对吧？"格尔达把地址递给男孩看，"我们找不到 11 号。"

"在这条街上没有 11 号，你想要的达卡莱福尔诺街在卡纳雷吉欧区，另外一个塞斯提。"

"那距离这里远不远？"

他耸耸肩说："先到赤脚修士桥，然后再走五六分钟就到了。"

"你能带我们去吗？"

男孩给了她一个"我为什么要带你去"的表情，根本不需要翻译就能读懂。最后，在格尔达允诺给他二十欧元后，他才容光焕发，猛地站了起来，把 iPod 放进口袋，说："我带你们去。"

这个男孩领着我们快步穿过一条又一条满是游客的街道，他红色的短袖在我们的视野中若隐若现。有一次，在他急转过一个拐角后，他的身影消失无踪了。然后，我们听到一声呼唤："喂！女士们！"发现他正在我们前面向我们招手。他迫不及待地想要得到那二十欧元，不断地催促我们前进，对于我们两个行动迟缓，努力挤过人群想要跟上的美国人毫无耐心。

在赤脚修士桥的另一边，人群变得更加拥挤，我们被挤入一条由火车站附近延伸而出的游客人流之中。至此，我已经放弃尝试去记我们的路线了，各种肤色的人与吵闹声让我头晕目眩。脸庞被晒黑的女孩，一家窗户上装饰着抛着媚眼的卡尔内瓦莱面具的商店，一位壮如牛却长发披肩的背心男。然后这个男孩在运河处转了个方向，人群一下子变少了。在转入一条昏暗的小道后，路上已经只剩我们，小道旁的建筑非常破旧，互相拥挤在一起，好像随时会向我们砸过来。

这男孩指着说："这里，这里就是11号。"

我抬头看着倾斜的墙，上面的油漆已经剥落，墙上有蜘蛛网一样的裂痕，犹如长满皱纹的人脸。通过布满灰尘的窗户，我看见了房间里面空荡荡的，只有一些胡乱摆放的纸板箱及皱巴巴的报纸。

"这地方看上去好像已经废弃有段时间了。"格尔达说。她扫视了一下小巷，看见两个老妇人正从一个门口看着我们。"问一下那些女士这家屋主的情况吧。"她指使男孩说。

"你说过，我把你们带到这儿就给我二十欧元。"

"好，好。"格尔达把钱给了他，"现在，能请你帮我们问一下她们这个问题吗？"

男孩就去问了那两个老妇人，然后是一阵意大利语的吵闹对话，接着她们就离开门口向我们走来。其中一位妇人的一只眼因为白内障而呈乳白色，另外一位则拄着手杖，抓着手杖的手因关节炎而有些变形。

"他们说一个美国人在去年买下了这所房子。"男孩对我们说，"他想要把它弄成画廊。"

两位老妇人都对此嗤之以鼻，认为威尼斯本身就是活着的城市，就是会呼吸的艺术作品。

"在美国人买之前，谁住这里？"格尔达问。

男孩指着患有关节炎的拄杖老妇人说："她说，她家拥有这房子好多年了，是她父亲买的，在战后。"

我伸手从肩包中拿出了 *Gypsy* 的音乐书，从中抽出了写有"Incendio"的那张纸，指着作曲者的名字说："她是否听过这个人？L.托德斯科。"

患有关节炎的老妇人弯腰靠近纸张，盯着名字看了很久，没说一句话，然后伸手，温柔地触碰着纸张，用意大利语念叨着什么。

"她说了什么？"我问男孩。

"她说，他们离开这里了，永远没有回来。"

"谁？"

"住在这建筑里的人，在战前。"

格尔达的手指突然抓紧了我的手臂并拖曳着，催促我跟上。这位老妇人带着我们沿着小巷走着，她的手杖敲击着路面。尽管她已是老态龙钟，但她以坚决的步伐绕过一个转角，来到了一个比较繁华的街上。

我意识到男孩已经离开，扔下了我们，因此我们无法问老妇人我们要去何处。可能她是误解了我们的请求，会把我们带到她家卖饰品的小店。

她带我们过了一座桥，又穿过了一个广场，然后用弯曲的手指指着一面墙。

在木护墙板上雕刻着连绵不断的一系列名字和数字：……吉尔莫·珀尔马特 45，布鲁诺·珀尔马特 9，莉娜·普拉尼·科里纳尔迪 71……

"Qui（意大利语，这里）。"老妇人轻声说，"洛伦佐。"

格尔达先发现了它："哦，我的天哪，朱莉娅。"她喘着气说，"他在这里！"指着众多名字中的一个，上面写着：洛伦佐·托德斯科24。

老妇人用她的眼睛看着我，低声说："L'ultimotreno（意大利语，最后的火车）。"

"朱莉娅，这是某种纪念牌。"格尔达说，"如果我理解正确的话，它应该解释了曾在这里发生过的事，在这个广场。"尽管这些单词是意大利文，但就是我也能清楚地明白它们的意思。

Ebraica.Deportati.Fascistidainazisti（意大利语，被法西斯纳粹党

驱逐的犹太人），两百四十六名意大利犹太人，从这座城市被驱逐出去。在他们之中，有一个青年男子叫作洛伦佐。

我看了这广场一圈，发现了几个字"Campo Ghetto Nuovo"（意大利语，犹太人营地诺沃）。现在我知道自己在哪儿了，这是个犹太人聚居区。我穿过广场来到另外一个建筑前，这里有块青铜制的匾，展示着当初犹太人被驱逐至集中营的场景。

我注意到图像上有一辆火车在卸载货物，而这些货物就是那些惨遭不测的犹太人。L'ultimotreno，这老妇人对我们所说的话——最后的火车将这家人带离了曾居住的达卡莱福尔诺街11号。

炎热的天气让我的头阵痛，感到晕眩："我需要坐一下。"我对格尔达说，走向了一棵大树的树荫，坐在了公共长椅上。我按了按自己的太阳穴，想了一下洛伦佐，只有二十四岁，如此年轻。他那坐落在达卡莱福尔诺街被废弃的房子距离我所坐的位置只有数百步。可能他也曾坐在这同样一棵树下休息，走过同样的铺路石。他可能是在这里想出了"Incendio"的旋律，还在这里思考过他灰暗的未来。

"犹太人博物馆就在那里。"格尔达指着附近的一幢建筑说，"在那里肯定有人会说英语，我们去问问他们吧，如果他们知道任何有关托德斯科家的事。"

当格尔达走向那博物馆的时候，我依然坐在长凳上，我的脑袋在"嗡嗡"作响，就好像有一百万只蜜蜂在我大脑中乱撞。游客从我身边经过，但我只能听到蜜蜂的声音，将脚步声等其他的声音完全淹没。我无法停止思考洛伦佐，一个比我现在还年轻九岁的年轻人。

我回想九年前的自己，那时我刚成婚，对未来充满了憧憬。我有一个舒适的家，从事着热爱的职业，生活中甚至没有阴云出现。但对于洛伦佐这样一个生活在疯狂世界的犹太人来说，阴云正向他极速涌来。

"朱莉娅？"格尔达已经回来，在她的身边站着一位美丽的黑发女子，"这是弗朗西斯卡，是博物馆的馆长。我告诉了她我们来这儿的原因，她说她要看一下'Incendio'。

我从双肩包里拿出了乐谱并递给了眼前的这位年轻女人，她皱着眉头看着作曲者的名字："你是从罗马得到这东西的？"她问我。

"我是在一家古董店里找到它的，花了我一百欧元。"我有些不好意思地说。

"这纸看上去很旧。"弗朗西斯卡说，"我怀疑这作曲者就是来自曾住在卡纳雷吉欧区的托德斯科家族。"

"就是说，你听过托德斯科家？"

她点点头："在我们的档案馆有文件，文件记录了所有被驱逐的犹太人。在威尼斯，布鲁诺·托德斯科是非常有名的制琴师。我认为他应该有两个儿子和一个女儿，我必须要再查一下文件，他们应该曾住在卡莱福尔诺街。"

"这个名叫L.托德斯科的作曲者是否有可能就是他的儿子之一？这首华尔兹乐曲原是被夹在一本旧音乐书里的，而在这书里写着一个地址，那地址就是卡莱福尔诺街。"

弗朗西斯卡摇摇头说："所有这些家族的书与文件都被法西斯烧掉了。到目前为止，我还没有发现任何残留下来的。就算洛伦佐曾从火中救下过任何东西，那在他们到达死亡营地之后也会被收走。所以这首曲子……"弗朗西斯卡举着"Incendio"说，"是不应该存在的。"

"但它就在这儿。"我说，"我花了一百欧元买下了它。"

她依然在研究着乐谱，把它举到阳光下，斜视着五线谱上的铅笔笔迹："那个在罗马的古董店，店主人没有告诉你他是在哪里得到这谱子的吗？"

"那老板是从一个名叫卡波比安科的男人的遗物中找到它的。"

"卡波比安科？"

"这是那店主的孙女写信告诉我的。"我再次从双肩包内拿出了安娜·玛丽亚·皮托尼的信并把它交给了弗朗西斯卡。"卡波比安科先生就住在卡斯佩里亚的镇上，我相信应该不会离罗马很远。"

她先读了第一封信，然后又打开了第二封。突然，我听见她的呼吸变得急促，当她再看着我的时候，她的眼神出现了某些变化。

兴趣的火花已经迸发，燎原之火开始熊熊燃烧："这位古董商人被谋杀了？"

"就在几周前，在他的店里出现了一个强盗。"

她再次看着"Incendio"，而且在拿着的时候变得更加小心翼翼，仿佛这纸会变形成某种危险的东西，某种过于灼热的以至于无法用手拿住的东西。"这乐谱能放在我这里一段时间吗？我想让我的人对它检查一下，还有这些信也是。"

"你的人？"

"我的文献学者们。我向你保证，他们会非常小心地对待它的。如果这乐谱的年龄真的和它看上去那样老的话，那么它不应该再被人的手触碰。告诉我你们住在哪家旅馆，我会在明天打电话给你们的。"

"我们家里有这乐谱的复印件。"格尔达对我说，"我们没有理由不把它借给他们，进行适当地检查。"

我看了看"Incendio"，想到这张单薄的纸片给我的生活带来了多么巨大的不幸，毁坏了我的家庭，毒害了我挚爱的女儿。

"拿去吧。"我说，"我永远不想再看见这沾血的东西。"

一想到"Incendio"不再是我的负担，我就感到了一阵释然。现在，它到了知道怎么去处理它的人手里，而之前在我手里的时候，它令我夜不能寐，一些无法解释的问题折磨着我。

在我的隔壁床，格尔达的鼾声已经响起，我双眼盯着黑暗，想知道弗朗西斯卡会怎么如她所承诺的，对乐谱的来源进行调查。或者，把它收藏进地下室的档案柜中就结束了，把它留给未来的学者去研究？

我放弃了睡觉，在黑暗中穿上衣服，溜到了门外。

大厅的柜台处有夜班的人正在值班，她停下阅读手中的平装本小说，抬起头，朝我友好地点了点头。街道上传来了欢笑声和吵闹声。现在已经是子夜一点了，不愿睡觉的人依然在威尼斯到处走动。

但在这座城市漫步并不是我今晚想要做的。我走向值班员工，问道："你能帮我一个忙吗？我想要和另外一个城镇的人打电话，但我不知道电话号码。是否有电话目录可以让我查一下？"

"当然，他们住在哪？"

"一个叫作卡斯佩里亚的小镇，我想它应该在罗马附近，他们姓卡波比安科。"

值班员工转向电脑，在一个我猜是意大利版的电话黄页网站上搜索着。"名单上有两个人姓卡波比安科，菲利普·卡波比安科和达维德·卡波比安科。你是要找哪个？"

"我不知道。"

她转向我，用迷惑的眼神看着我："你不知道他们的教名吗？"

"我只知道他们家在卡斯佩里亚。"

"那么我把两个号码都给你吧。"她把两条信息都写在一张纸片上交给了我。"

"你能不能……"

"什么？"

"他们可能不会说英语，所以我可能无法和他们交流，你能帮我打给他们吗？"

"但这得早上才行，女士。"

"对，我就是说早上。如果要付长途话费的话，不管多贵我都会付的。麻烦你帮我给他们留个信息。"

这女人又拿了一张新纸条，说："想留什么话？"

"告诉他们我的名字是朱莉娅·安斯德尔。我正在寻找一个名为乔瓦尼·卡波比安科的人。主要是关于他曾拥有的一份乐谱的事，由一位名叫洛伦佐·托德斯科的人谱写的曲子。"

她将信息潦草地记了下来，然后抬起头看："你想要我把这两个电话都打一次？"

"是的，因为我不确定哪家是我想找的。"

"如果他们想要和你说话呢？你会在这里待多久？我什么时候把反馈的信息给你？"

"我还会在这里待两天。"我拿过她的笔，写下了我的电话号码和电子邮箱地址，"然后这样，就算我回美国了他们也可以联系到我。"

值班员工把纸条贴在了电话后面的桌子上，说："我会在明天早上给他们打电话，在我离开之前。"

我知道这是一个奇怪的请求，想知道她是否真的会按所说的去做。我没有机会问她，因为到了第二天我来到桌前时，已经是另外一个女人坐在这儿了，而电话旁的纸条也已经不见了。没有人给我留信息，没有了，除了罗伯还在尝试打我的手机外。

我站在大厅里，浏览罗伯发给我的最新信息，在午夜（波士顿时间）他给我发了两条信息。可怜的罗伯，他甚至没有睡觉，这都是我的错。我想起当初分娩莉莉的时候，那时，罗伯一直坐在我的床旁，握着我的手，把冷毛巾敷在我的前额。回忆起他迷蒙的双眼，胡子拉碴的脸，我想象着他现在的样子。

我欠他某个回答，因此我回了他简短的信息：请别担心，我需要这样做，我会回家的。我按下了发送键，想象当他在手机上看到我的信息时会有什么样的反应。他是否会露出恼怒的表情？我还是否是他所爱的女人？或者我只是他生命中的一个麻烦？

"你在这里啊，朱莉娅。"格尔达从早餐室出来，看见我说，并注意到我手中的电话，"你和罗伯打过电话了吗？"

"我给他发了一条短信。"

"很好。"她说，声音听起来有些奇怪的释然感，还重复了一次，

"很好。"

"你从弗朗西斯卡那得到了什么消息吗？关于那乐谱。"

"还太早了，给她点时间。在这段时间，我想我们应该在这座美妙的城市里多走走，你想要看什么？"

"我想回卡纳雷吉欧区，犹太人营地诺沃看下。"

格尔达有些犹豫，非常明显地对回到那个犹太人广场没什么兴趣，"我们为什么不先去圣马尔科？"她建议说，"我想去那购物，喝点贝里尼（一种鸡尾酒饮料），我们现在是在威尼斯，就让我们当游客吧。"

随后的一天就这样度过了。我们在圣马尔科到处闲逛，在总督宫的人群中挤来挤去，在拥挤的里亚尔托桥上为一些事实上我并不怎么想要的小玩意儿与商贩讨价还价。

当我们最终穿越步行桥，来到卡纳雷吉欧区的时候，已经是下午很迟的时候了。面对拥挤的人群，我已经有点儿不想穿过了。我们逃到了相对安静的犹太人区，这里狭窄的街道已经有些被暮色笼罩。起先，对于能从人群中脱离，我感到一阵放松，附近街区的安静也并没有让我不安。

但在沿着一条小巷走了一半的时候，我突然停下，转身看向身后。并没有人在那儿，只有灰暗的道路与挂在绳上晾晒的衣物。没有任何令人担忧的事，但我的皮肤紧绷，精神高度紧张。

"怎么了？"格尔达问。

"我感觉我听到有人在跟着我们。"

"我没有看到任何人啊。"

我停下来扫视着这条小巷，搜索着哪怕一丝动静，但只看到头顶晾晒的衣服在随风摇摆，那是三件褪色的衬衣与一条毛巾。

"这儿没有人跟踪我们，走吧。"她说，然后继续前进。

我别无选择，只能跟上她，因为我不想被独自留在这令人感觉幽闭的恐怖小道上。我们回到了犹太人营地诺沃，再次见到了雕刻着被驱逐的犹太人名字的匾。

他的名字就在上面——洛伦佐·托德斯科。尽管弗朗西斯卡怀疑他是否就是那首曲子的作曲者，但我相信"Incendio"就是他所创作的。看着他被雕刻在此的名字，我仿佛在和一位素未谋面的老朋友面对着面，只是现在才认出来。

"很晚了。"格尔达说，"我是不是应该回去了？"

"不是现在。"我穿越广场走向犹太人博物馆，在白天的时候我们也曾接近过。通过窗户，我看见一个男人在里面整理着一摞小册子。我在窗户上敲了敲，他转过头，然后又指了指自己的手表。当我再次敲窗之后，他才最终打开了门，皱着眉头一副想要我离开的样子。

"弗朗西斯卡在这吗？"我问。

"她下午离开了，去见一位记者。"

"她明天会来吗？"

"我不知道，回去吧。"说完他就关上了门，并传来刺耳的门闩上锁声。

晚上，格尔达和我随机选择了一家普通的餐厅解决了晚餐，这家餐厅位于圣马尔科广场的附近，有着数不尽的比萨饼和意大利面，招待着只会来一次的游客们。每张桌子都被占用着，因此我们不得不和来自中东的、皮肤被晒得黝黑的一家人挤在一起，他们笑得太大声，喝得也过多。我毫无食欲，不得不强迫自己吃了一些难吃的意大利肉酱面，这些面条就像沾满血的某样东西爬在我的盘子上。

格尔达听起来兴致颇高，又从玻璃瓶中往杯子里倒满了基安蒂红葡萄酒："我想说，我们已经完成了我们的任务，朱莉娅。我们来了，我们问了，我们得到了一个答案。现在，我们知道谁是我们的作曲者了。"

"弗朗西斯卡听上去有些怀疑。"

"名字符合，地址也符合，肯定就是洛伦佐·托德斯科。听起来这家人好像全死了，所以我们就算录了这首曲子也没事。当我们回家的时候，我们就准备进行这首曲子的四重奏表演。我确定斯蒂芬妮的大提琴能跟上这首曲子，演奏出一些美妙的音乐。"

"我不知道，格尔达。我感觉录制这首曲子并不是什么好事。"

"这首曲子怎么了？"

"这就像我们在利用洛伦佐，从他的不幸中获利。这首曲子有如此可怕的历史，我感觉我们是在召唤厄运。"

"朱莉娅，这只是首华尔兹。"

"而卖这首华尔兹给我的人已经在罗马被杀害了。好像这首曲子会对那些触碰过它或听过它的人带去厄运，包括我自己的女儿。"

格尔达沉默了一会儿，啜了一口酒，然后轻轻地放下了高脚杯："朱莉娅，我知道在过去几周你过得非常艰难。莉莉身上的问题，你从楼梯上摔下来的事情。但我不认为这是由'Incendio'造成的。是的，这首曲子令人不安，它非常复杂，具有强大的力量，也有着悲惨的过去。但这只是一张纸上的音符，而这些音符需要被人聆听。这是我们对洛伦佐·托德斯科的致敬，将他的音乐与世界分享。这会让他享有应有的不朽之名。"

"那我女儿怎么办？"

"莉莉怎么了？"

"这音乐改变了她，我知道的。"

"也许这只是看上去这样。当出问题的时候，人们自然而然地会去寻找一个解释，但也许找错了。"她把手伸过桌子放在我手上，"回家吧，朱莉娅，和罗伯谈谈。你们俩需要一起解决问题。"

我直视着她，但她回避着我的目光。为什么我们之间的一切突然都变了呢？如果连格尔达都开始反对我，那么就没有人和我站在一起了。

在离开餐厅，经过阿卡德米亚桥，回到临近的多尔索杜罗区的一路上，我们都沉默着。尽管现在已经很晚了，街道上依然很热闹。这是一个温暖的夜晚，到处都是时髦的成群结队的年轻人，喧闹的男孩们敞开着衬衫，无忧无虑的女孩们穿着短裙与吊带，互相调情，大笑着，醉饮着。但我和格尔达互相无言，离开繁华的街道，转向一条更加安静的小巷，朝我们的旅馆走去。

现在，罗伯可能已经知道我在威尼斯。只要查一下我们的网络账户，他就知道我在威尼斯的ATM机上取过钱，而我刚刚还在一家圣马尔科的餐厅使用了信用卡。你无法对一位会计师隐瞒这种秘密，对于追踪金钱他可是一位专家。没有回他一个电话让我感觉有些罪恶感，但我害怕他会对我说的话。我害怕听到他对我说这已经到达他的极限了。

在十年的婚姻之后，我是否已失去了他？

在小巷远处的终点有昏暗的光，那是我们的旅馆的标志。在我们向它走去的时候，我心中依然想着罗伯，想着我将和他说的话，想着我们要如何拯救这一切。我没注意到站在门口的男人。突然，一个人影从阴影中跃到我们面前，宽阔的肩膀，看不清脸，挡住了我们的去路。

"朱莉娅·安斯德尔？"他问，深沉的声音，意大利口音。

格尔达说："你是谁？"

"我是来找朱莉娅·安斯德尔的。"

"如果你是以这种方式来找人的话就错了。"格尔达厉声说，"你是在恐吓她吗？"

当这男人朝我走来的时候，我往后退去，直到撞到了一堵墙。

"停下，你在吓跑她！"格尔达说，"她的丈夫并没有说事情会以这样的方式结束！"

她的丈夫。听到这几个字，一切都变清晰了。我望着格尔达："你，罗伯……"

"朱莉娅，亲爱的，他在早上给我打了电话，那时你还在睡觉。他解释了一切，你的崩溃，还有精神科医师。他们想把你带回家送去医院。他保证不会让你心烦，但他派了这个混蛋。"她走到了我和那个男人之间，推开了对方，"现在就回去，听到我说的了吗？如果她的丈夫还想让她回家的话，他就得亲自来这里，然后……"

枪声让我僵住了。

格尔达倒向我，我尝试扶住她，但她瘫在了地上。我摸到了她的血，温暖而湿润，沿着我的手臂流下。

突然旅馆门被打开了，我听见两个男人笑着走了出来。持枪男子转向了他们，注意力从我身上分散了一下。

我趁机跑了起来。

我本能地朝灯光冲去，朝着安全的人群。我又听到另外一声枪响，感到空气从我脸颊旁呼啸而过。我飞奔过一个转角，看见眼前有一家咖啡店，许多人正在门外的桌边用餐。我一边冲向他们，一边尝试向他们呼救，但恐惧感让我喉咙紧闭，几乎发不出任何声音。我确定那男人正在追着我，因此我没有停步。当我掠过人群时，他们抬起头看向我。更多的眼睛，更多的目击者，但谁会出来站在我和子弹之间呢？

阿卡德米亚桥是离开多尔索杜罗区最直接的出口。一旦穿过它，我就能加入在圣马尔科的那一大群人中，将自己淹没在那群永远在欢庆着的人群中。而且，我还记得我曾在那看见一个警察局。

桥就在眼前，而我的路是安全的。

就在我只有几步就能穿过它的时候，一只手抓住了我，猛地拉停了我。转过身，我已经准备去抓袭击者的眼睛，准备为我的生命而战斗，但眼前是一位年轻女人的脸，是犹太人博物馆的弗朗西斯卡。

"安斯德尔太太，我们刚刚在路上看到你了。"她顿了一下，皱着眉头看着我恐惧的脸，"出什么事了？你为什么要跑？"

我看了眼来路，疯狂地搜索着人脸，"刚有一个男人……他想要杀了我！"

"什么？"

"他在旅馆外等着我。格尔达，我的朋友格尔达……"我的声音破碎成了呜咽，"我想她死了。"

弗朗西斯卡转过身用意大利语对身后一个蓄着胡子的年轻男人说了些话。这个男人背着双肩包，戴着眼镜，看上去像是一位刚出校门的大学生。他坚定地点了点头，快速地朝我们的旅馆跑去。

"我的同事塞尔瓦托会去看你朋友的情况。"她说，"现在快点儿，和我一起。你要赶紧离开对方的视线。"

一

第十六章

1943 年 12 月

当你不知道自己将去往何处的时候，不知道何时将到达终点的时候，时间将变得非常漫长。

夜幕已经降下，所有的影子也都已经被淹没，洛伦佐已经无法从中猜出他们列车正在开往的方向。他感觉外面都是一些牧场和田地，还有一些小村庄，村庄中的房子都点着灯火，一家人围在桌子旁吃晚餐。他们是否听到了火车通过时所发出的轰隆声？他们是否会停下手中的餐叉，好奇谁在火车上吗？或者他们会只管继续吃晚饭，因为他们墙外的人和他们并没有关系，而且又能做些什么呢？这辆火车，就像从前所有的火车一样，继续前进着，因此他们也继续吃着面包，喝着葡萄酒，继续着他们自己的生活。

"我们就像幽灵一样经过了而已。"洛伦佐心想。

他的手有些麻，但他并不想动，因为沉睡的皮亚正枕在他的肩膀上。白天的时候，她没有洗澡，因此，她的长发有些油腻地粘在一起。她非常自傲于拥有一头秀发，当看见帅气的男孩经过时，她就会将头发甩到身后。如果现在让任何男孩看见她，看见她枯黄而又分叉的发丝，她是否会感觉丢脸而变得脸色苍白？

长长的睫毛在她眼睛下方投下了一片阴影，如同瘀青。他想象着她在劳工营辛苦地工作，因寒冷而颤抖，然后又因发烧变得消瘦且虚弱。他吻了下她的额头，不是她惯有的玫瑰香水的气味，而是混杂了汗臭味与头皮的味道。在不幸之下，人类是多么容易变得虚弱，他想。只要几天没有食物，几天不洗澡，我们内心的火就会被熄灭。哪怕是马尔科，现在他也陷入了绝望之中。

火车突然停了下来，通过紧闭的遮盖物，他看见了站台上寒冷的灯光。

皮亚猛然醒来，用乌黑的、精灵一般的眼睛看着他。

"我们在哪了？是福斯奥利吗？"

"我不知道，亲爱的。"

"我好饿，为什么没人给我们送吃的？让我们在车上待那么久的时间却不给我们吃的是错误的事。"

火车门"吱呀"一声被打开了，一个声音大叫道："Allerunter！

Allerunter！（德语，全部下车）"

"他们在说什么"皮亚的声音充满恐惧，"我不明白他们想让我们做什么！"

"他们命令我们下车。"马尔科说。

"而我们必须按他们所说的做。"洛伦佐拿起他的小提琴，对皮亚说，"紧跟着我，我最亲爱的人，抓住我的手。"

"妈妈？"皮亚用痛苦的声音喊道，"爸爸？"

"一切都会变好的，我确定。"布鲁诺说，"不要叫喊引来他人的注意，不要看任何其他人。我们必须要熬过这段时光。"他们的父亲勉强地笑着，"我们必须要待在一起，这是最重要的事，待在一起。"

皮亚低着头，在他们下车的时候，她的手被洛伦佐紧紧握在手中。他们跟在妈妈、爸爸、马尔科身后下了车。外面的天气是如此冷，他们呼出的气都凝结成了水蒸气，在空气中盘绕着。探照灯照射着站台，让一切看起来恍如白昼，让从车上下来的人都无法直视，胡乱地挤成一团以保持温暖。

四面八方的人都在拥挤着，推搡着。洛伦佐和皮亚两人犹如是在由恐惧的灵魂组成的大海中迷失的溺水者。在他身后一个婴儿发出巨大的啼哭声，以至于他无法听清来自站台末端传来的命令。直到当一名卫兵过来把他们分开的时候，他才明白，他们要站成排接受检查。在他们战栗地并排站着的时候，皮亚依然紧紧抓住他的手，害怕被冲散。洛伦佐看了一眼马尔科，后者正站在他的右边，但眼看着前方，挺着下巴，双肩挺直，就好像要对付来恐吓他的卫兵一样。

就在士兵们沿着队伍走向他们的时候，洛伦佐正低头盯着站台的地面看。他看见一双擦得锃亮的靴子突然停在了他面前。

"你。"一个声音说。

洛伦佐慢慢地抬起了头，看见一个党卫军军官正盯着他。这位军官用德语问了一个问题，但洛伦佐没有听懂，迷惑地摇了摇头。军官指了指洛伦佐手中拿着的小提琴，再次发问。

一个意大利卫兵上前翻译说："他想知道这乐器是不是你的。"

一种害怕拉迪亚诺拉被没收的恐惧感油然而生，洛伦佐紧紧地抓住盒子："是的，它是我的。"

"你会拉小提琴？"

洛伦佐咽了口口水："是的。"

"你会哪种音乐？"

"所有音乐，不管什么音乐放在我面前我都能演奏。"

意大利卫兵看了看德国军官，后者粗鲁地点了点头。

"你得跟着我们。"意大利卫兵说。

"我的家人也是吗？"

"不，只有你。"

"但我必须要和我的家人待在一起。"

"他们对我们没用。"他招呼来两个士兵,这两个士兵上前架住了洛伦佐的双臂。

　　"不,不。"

　　"洛伦佐!"皮亚尖叫着不放手,"别带走他!求你别带走他!"

　　他扭过身,想要再最后看她一眼,他看见皮亚正挣扎着反抗马尔科,而马尔科正在制止她。他看见他的父母绝望地抱在一起。然后,他被快速地拉离了站台,强光灯依然使他看不清东西,无法看见自己被带往何处,但他可以听见皮亚在大叫着他的名字。

　　"我的家人,请让我和我的家人待在一起!"他请求说。

　　其中的一个士兵轻蔑地说:"你不会想去他们将要去的地方的。"

　　"他们要去哪里?"

　　"你只要知道自己是个幸运儿就行了,笨蛋。"

　　随着洛伦佐沿着一条路被越带越远,皮亚的声音也渐渐消失不见。离开了灯光,他现在能分辨出眼前的高墙。墙壁高耸,仿佛没入夜空,令人感觉不祥。后方的高塔在黑夜中像是模糊的石头巨人,在他穿过门的时候,他能感觉到塔上守卫的眼睛正盯着他。他们穿过庭院,来到一处低矮的建筑,陪同他来的一个人在门上重重地敲了三下。

一个声音命令他们进去。

洛伦佐从后面被推了一下，跟跄地跨过了门槛，在他跌倒在地的时候险些把拉迪亚诺拉摔在了地上。他蜷缩在地上，闻见了香烟与木头的味道，听到了身后的门被重重关上的声音。

"低能儿！"有人用意大利语叫道，但辱骂的不是洛伦佐，而是那两个士兵，"你们难道没看见他抱着个小提琴吗？看不见吗？如果这提琴坏了我就扒了你们的皮！"

洛伦佐慢慢地站了起来，但他太害怕了，根本不敢去看说话的人，而是看着其他地方。他看见了木质的地板，一张桌子和几张椅子，桌上的烟灰缸上放着几个烟屁股。在桌子上有一盏孤灯在燃烧着，一些纸整齐堆成了几摞。

"看看我们发现了什么？看着我。"

洛伦佐终于抬起了头看着眼前的男人，突然地，他无法再挪开自己的视线。他看见一个有着明亮的蓝眼睛，墨黑色头发的男人。这男人的目光是如此强烈，以至于他感觉自己被刺穿了一般。男人制服上则带着当局的标志——一位意大利党卫军上校。

其中的一个士兵说："这个男人说他是乐师。"

"这里面是小提琴？"这位上校盯着乐器盒子说，"它是否还能用来演奏？"他盯着洛伦佐厉声说，"能不能？"

洛伦佐战栗地呼吸着："能，先生。"

"打开它。"上校指着桌子说，"让我们看一下。"

洛伦佐把盒子放在了桌上。他的双手冰冷而笨拙。他滑动插销，打开了盖子。拉迪亚诺拉就像琥珀一样散发着熠熠光辉，如同躺在黑色天鹅绒摇篮中的宝石。

上校低声地给予了赞赏："你是怎么得到这乐器的？"

"它原来是我外公的，而在此之前，它是我外公的爷爷的。"

"你说你是个乐师？"

"是的。"

"证明一下，让我听听你的演奏。"

洛伦佐的双手因寒冷与恐惧而变得僵硬。他握了握拳头以活络手指间的血脉，然后把琴从天鹅绒摇篮中取了出来。尽管在火车上待了这么久，但她的音符依然如此美妙："你想让我演奏什么，先生？"

"随便，只要你能向我证明你的本事。"

洛伦佐犹豫了，演奏什么呢？犹豫不决让他感觉到无力。他颤抖着将琴弓摆到了弦上，努力地让双手稳定下来。时间一秒秒地过去，上校在等待着。当琴弓最终开始移动的时候，洛伦佐感觉那仿佛是它自己在动着，好似拉迪亚诺拉已经等不及他选择好音乐。

在几个虚弱的音符后，犹豫之感被驱散殆尽，旋律突然地从她的喉咙里爆发出来，倾泻至房间的每一个黑暗的角落。空气也在共鸣着，香烟的烟雾也在影子中舞蹈着。他根本不需要乐谱就能演奏这首曲子，它已经永远地被铭刻在他的记忆中，他的心脏里。

他也曾和劳拉在威尼斯东方大学的舞台上演奏过这首曲子，这首二重奏会让他想起人生中最快乐的那些时光。在他演奏的时候，他能感受到她的灵魂就在他背后，使他想起那晚她穿着黑色缎子礼服站在舞台上，抱着大提琴时的优美身段。她的长发滑到一边，露出了如天鹅一般的脖颈。

他一边想象着她就在身边，一边演奏着，闭上双眼，脑海中一切皆成虚无，唯有劳拉。他忘记了自己身处何地，忘记了疲倦、饥饿，还有恐惧。劳拉就是他的力量，是他的万能灵药，使他的双手从僵硬中解放出来。而他所演奏的每一个音符都是他的呼唤，穿越时间与空间，呼唤着劳拉。他的身体随音乐而摇摆着，汗水从他的前额冒出。第一眼看上去如此冰冷的房间现在看上去却像是火炉，而他就在其中燃烧着，被从琴弦上冒出的火花燃烧着。

"你在听吗？我的爱人？你能听见我在对你歌唱吗？"洛伦佐心想。

他的琴弓在最后一个音符停了下来，随着音乐的褪去，房间的冰冷再次渗入他的四肢。他感到筋疲力尽，他放下琴弓，耷拉着肩低头站着。

很长时间，没有人说话。

然后上校说："我并没有听过这首曲子，作曲者是谁？"

"是我。"洛伦佐低声说。

“真的？你编了这首曲子？”

洛伦佐点了点头，显得有些疲倦：“这首曲子是小提琴与大提琴的二重奏。”

“所以你能为合奏组编曲？”

“如果有灵感激发的话。”

“我知道了，我知道了。”上校围着他转着圈，好像要从各种角度观察他一样。他突然转向两个士兵，“你们走，留下我们两个人。”

“我们是不是要在外面等着，先生？你不知道他可能会干……”

“怎么，你难道认为我无法对付一个孱弱的囚犯？对，如果你想的话就站在外面，但马上从这房间出去。”上校等待着，面无表情，一言不发，直到士兵退出了房间。

门再次被关上后，他才转身面对着洛伦佐。“坐。”他命令说。

洛伦佐把小提琴放回了盒子，然后跌坐在了一张椅子上，仿佛虚脱了一般，他的双脚已经坚持不下去了。

上校拿起了拉迪亚诺拉，把她拿到了灯光下，赞赏着她的光泽：“像这样好的乐器，给那些缺乏演奏技术的人简直就是浪费。但你的双手，能给予她生命。”他把小提琴放到耳边，轻敲着其背部，听着木头发出的共鸣声。当他把拉迪亚诺拉放回去的时候，他发现*Gypsy*音乐集正叠放在盒子里。他拿出了书，皱着眉头随意翻看了几页。

洛伦佐感到胃在打结，如果这本书是收集了一些令人尊敬的作曲家，比如莫扎特、巴赫或舒伯特的话，他不会感到不安。但里面的都是些罗马曲调，一些不可捉摸的音乐。他看着上校把书放回了盒子。

"这是从我外公的私人图书馆拿来的。"洛伦佐快速地解释说，"他是威尼斯东方大学的教授，这是他的工作，收集各种……"

"各种音乐，我决定不做判决。"上校宽恕说，"我不像那些黑衫党人，他们烧书，毁掉乐器。不，我欣赏音乐，所有的音乐。即使是在做这些卑鄙的事情，我们也不能失去对艺术的尊敬，你同意吗？"他翘着嘴唇，研究了一会儿洛伦佐。他走向餐具柜，回来的时候拿着一些残羹剩饭，放在洛伦佐的面前。

"在艺术家创作之前，他需要燃料，吃吧。"他催促道。

洛伦佐低头看着眼前的面包与一大块凝固着肉汁的脂肪。没有剩余的瘦肉，只有几块胡萝卜与洋葱，但对于一个极度饥饿的人来说，这就是盛宴了。但他没有去碰它，他想到他妹妹消瘦的脸，想起了他的母亲因饥饿而虚弱到无法站稳。

"我的家人一整天都没有吃东西了。"他说，"火车上的所有人都没有吃东西，你能不能给他们……"

"你想不想吃？"上校打断说，"如果你不想，我就拿这些去喂狗。"

洛伦佐拿起面包，举了一会儿，一种罪恶感缠绕着他，但他太饿了，根本无法抵抗它的诱惑。他刮了口肉汁，混合着油脂，将它们填到自己的嘴里，贪婪地感受舌头上的味道。如丝般顺滑的牛肉脂肪，胡萝卜甜味，面包外壳酵母的苦涩味。当吃光面包的时候，他也刮完了剩余的肉汁，然后又用手指扫尽了最后的油脂，最后还舔了舔盘子。

而上校就坐在他对面吸着烟，用一种半是娱乐，半是无聊的表情看着他："在你开始嚼盘子之前我会拿走它。"他说，然后把盘子放在了柜子里。"我还可以让人再送点儿来。"

"请再送点儿来，还有我的家人也非常饿。"

"但你无法改变这点。"

"但你能。"洛伦佐勇敢地看着对方，"我的妹妹才十四岁，她叫皮亚，她并没有做错过什么事。她是个好孩子，善良的孩子，她应该活下去的。我的母亲，她身体不太好，但她会努力工作的，他们会的。"

"我对他们什么都做不了，我建议你别再想他们了。"

"别再想他们？那是我的家人，任何人都不可能……"

"这并不是可能或不可能的问题，而是如果你想活下去的话，就必须要这样做。告诉我，你是不是一个幸存者？"

洛伦佐看着对方如水晶般的眼睛，立刻明白了这个男人就是一个幸存者。不管把他丢到大洋里或把他扔到咆哮的暴民之中，他最终都会找到一个方法不受伤害地离开。现在，这位上校想要洛伦佐也做同样的事，放下所有的负担，只有这样他才能把洛伦佐从水中拉出来。

"我想要和他们待在一起。"洛伦佐说，"别把我们分开。只要让我和家人待在一起，我知道我们会更加努力地工作的，我们会变得对你更有用的。"

"事实上，你以为你在哪里？"

"他们对我们说，我们会被带到福斯奥利。"

上校轻蔑地说："你们并不是在福斯奥利，你们是在圣安息日米厂集中营。这里只是个运输营地。从这里，大部分的被驱逐者都会被送到其他地方，除非他们能用来被满足一些特殊的需求，比如你。"

"那么我就必须在他们离开前返回火车。"

"相信我，你不会想回到火车上。"

"他们要被送去哪里？请告诉我，不管他们要被送去哪里。"

上校深吸了口烟然后又呼了出来，透过恶魔般的烟雾看着洛伦佐，说："这火车将开往北方，去波兰。"

上校在洛伦佐面前打开了瓶葡萄酒，给自己倒了一杯，然后抿了一口，一边看着坐在桌对面的囚犯。

"你是幸运者之一，对于你还待在圣安息日这事你应该心怀感激。"

"我的家人，他们将去波兰的哪里？"

"这并不重要。"

"这对我很重要。"

上校耸了耸肩，点燃了另外一根烟："不管他们被送进哪个营地，那里一定都很冷，冷得超乎你的想象，我只能保证这点。"

"我的妹妹只有一件单薄的外衣，她很脆弱，不可能胜任繁重的工作。如果她被安排去干一些妇女的活儿，比如缝制军装或洗碗，她应该能做到。你能安排一下吗？"

"你完全不明白，对吧？你完全不明白一个犹太人被送到波兰意味着什么，对吧？但如果你跟着我，那你可以逃离这命运。"

"我的妹妹……"

"忘掉你那不幸的妹妹！"

洛伦佐被上校的咆哮所震惊了。对于拯救皮亚的事他感到了绝望，他忘记了自己正处于危险的境地。眼前的这个男人随时可以处决自己，从对方愤怒的眼神里，他看见了对方在考虑这事。洛伦佐就坐在死亡的边缘，时钟"嘀嗒"地响着，一颗子弹正准备穿过他的脑袋。

上校向后靠在了椅子上，又抿了口酒："你知道的，如果你合作，那么你就可能活下去。但只有在你合作的情况下才可能。"

洛伦佐咽了下口水，他的喉咙因为恐惧而干燥："我现在必须要做什么？"

"演奏音乐，就这样。就像你为我做过的那样。"灯光下，上校的脸上有着不祥的阴影，他的视线冰冷如霜。他到底是什么样的生物？机会主义者，毫无疑问，既不是好人，也不是恶人。在他的军装下，到底跳动着怎样的心脏？

"为谁演奏？"洛伦佐问。

"你会在任何地方演奏司令官想要的音乐。眼下，圣安息日米厂集中营正在扩张，会有一些这样的场合需要你出场。上周，从柏林来了六个军官。下个月，兰伯特先生会来视察新的建筑。会有接风的晚宴，款待客人。"

"所以我要为德国军官演奏。"洛伦佐说，无法隐藏声音中的厌恶感。

"你是想要在外面演奏呢，还是想在庭院里演奏？因为我可以对你进行适度调整。"

洛伦佐咽了口口水："都可以，先生。"

"只要奥伯豪泽尔司令官下令，不管何时何地你都要演奏。我被分配了一个任务，就是寻找一些有天赋的乐师，把他们组成一个合奏团。到现在为止，你是第三个被选中的人。加上你，我们现在有两个小提琴手和一个大提琴手，这只是开始。每列火车都会带来一些新的候选人。可能在下一群犯人中，我们会找到单簧管演奏者或号手。我们还收集了足够的乐器，足以装备一个小型管弦乐队。"

充公，是他真正的意思，从无数的不幸者那里夺取他们的拥有权。拉迪亚诺拉是否也要面对同样的命运？被没收放在一个库房中，沦为孤儿般的乐器。他看着他的小提琴，就好像母亲害怕孩子被人从手中夺走一般。

"你的乐器非常棒。"上校说，呼了一口烟气，"比我们收集的所有小提琴都棒。"

"请别这样，它是我外公传给我的。"

"你认为我会拿走它？毫无疑问，它要由你来演奏，因为你最了解它。"上校身体前倾，脸穿过魔鬼般的烟雾，盯着他看，声音清晰得让人惊讶，"就像你，我也是一个艺术家。我知道被一群根本不尊敬音乐和文学的人围绕的感觉。这世界疯了，战争给了这些野蛮人权力。我们只能忍受他们，适应新的形势。"

"他对我讲适应新形势，而我在尝试活下去。"洛伦佐心想。至少上校给了他一点儿活下去的希望，至少这是可能的事了。这个男人也是意大利人，可能会对同胞更加宽容。他之所以加入党卫军，可能只是为了获得权力，而不是一个真正的纳粹分子，而是一个实用主义者。为了生，必须要站在胜利者那边。

上校从桌子上拿起了满满一堆纸放在了洛伦佐面前，是一捆空白的五线谱纸："你将为我们的合奏组安排曲目，因为你看上去知道如何处理乐谱。"

"你想要我们演奏什么样的音乐？"

"看在上帝的份儿上，不能是那些*Gypsy*里的音乐，司令官也许会给你命令，我会把这命令传达给你们。不，他们比较喜欢他们熟悉的人物，比如莫扎特、巴赫。我有一些风琴音乐，你可以参考一下。不管我们找来了什么样的乐师，你都要为他们安排好演奏的内容。"

"你说我们现在只有两个小提琴和一个大提琴，这很难称为管弦乐队。"

"那就让你的第二小提琴手演奏两倍的音符！从现在起，你必须要根据我们所拥有的资源安排好一切。"上校把一支笔交给他，"证明你的价值。"

洛伦佐低头看着稿纸，空白的五线谱正等待着他的填写。至少，这是他熟悉的东西，他了解的东西。音乐会成为他的依靠，支撑着他。在这个癫狂的世界里，这是唯一能让他保持清醒的东西。

"在你在圣安息日的这段时日里，你可能会看见一些……让人不快的事。我建议你对其视而不见，听而不闻。"上校拍了拍洛伦佐放在空白稿纸上的手，"把注意力集中在你的音乐上。只要做好你的工作，你就可以在这地方生存下去。"

第十七章

1944 年 5 月

深夜，洛伦佐躺在自己的床铺上，他可以听到一号牢房传来的惨叫声。他不知道谁在被拷问，他从来没有见过受害者。他只知道夜复一夜，痛苦叫声的主人不断变换着。有时是一个女人的尖叫，有时是男人的，有时是处于变声期的男孩有点像少女的哭声。如果洛伦佐敢从门上的窗口去观望，那么他可能会看见一些可怜的灵魂，看见他们被拖拽进牢房，或被带到左边的门口。

他曾被那位意大利上校警告要视而不见，听而不闻，但他怎么可能对审讯牢房内发出的尖叫完全忽视？这些惨叫声可能是意大利语，也可能是斯洛文尼亚语或克罗地亚语，但不管是哪种语言都意味着同一个故事："我不知道！我无法告诉你！请停下，我求你停下！"这些人中有些人是党派人士，有些是反抗者。甚至还有一些什么都不知道的不幸者，他们被拷问只是因为施刑者能从中获得乐趣。

"视而不见，听而不闻，什么都别说。这样你就有可能活下去。"洛伦佐心想。

洛伦佐的五个同室狱友以某种方式在这样充满惨叫的夜晚酣睡着。在他的下铺，鼓手照常发出呼噜声与梦呓。拷问的哭泣难道无法影响他的睡眠吗？他为什么能这样轻易地逃进梦的避难所呢？当洛伦佐难以入眠的时候，鼓手睡得正香，就和其他人一样。他们睡着是因为他们已经筋疲力尽而无心反抗了。因为大多数的人都会学会去忍耐一切东西，哪怕是酷刑下的哭声。这并不是他们的心肠变硬了，而是因为他们什么都做不了，一种无力所带来的平静。

大提琴手维托利奥叹了口气，翻了个身。他是不是梦到了他的妻子和女儿？他在圣安息日火车站最后一眼看到的人。他们是否都是在同样的站台，以同样的理由被挑选了出来，与他们所爱的人分离开来？哪怕是现在，几个月过去了，分离所造成的伤口依然让洛伦佐疼痛不已，就像刚被截肢一般。当他们的家人几乎都枯萎了，音乐让这六个破碎的男人组成的合奏组活了下来。

他们全都是由那位意大利上校精心挑选的。上校称他们为"一个可怜男人的乐队"。鼓手的名字叫什洛莫，有一双阴冷的眼睛，来自米兰，他和他的家人在尝试越过国境去瑞士的时候被逮捕了。第二小提琴手的名字叫埃米利奥，他在他朋友位于布雷西亚的农舍中被抓到，他的朋友因为隐藏犹太人被判决。大提琴手的名字叫维托利奥，在维琴察被捕，在到达圣安息日后，他的头发如魔法般变白了。吹法国圆号的人叫卡洛，曾是一个胖子，但现在瘦得肚皮都贴背了。

还有一名中提琴手叫亚历克斯，一位来自斯洛文尼亚的天才乐手，他可以在世界上任何一个交响乐团拥有一席之地，但现在只能待在这支该死的管弦乐队里，在演奏的时候，他就像一具空壳一般，机械地动着他的手指，眼神空洞。亚历克斯从来没有提起过他的家人，也没有说过是如何来到圣安息日的，而洛伦佐也没有问。

他自己的噩梦就已经足够多了。

一号牢房传来的惨叫穿透洛伦佐蒙住耳朵的手臂，根本无法遮蔽这声音。他压着双耳直至惨叫声褪去，直到只能听见自己脉搏的快速跳动。直到这时，他才敢把手从耳朵上拿下来，然后听见牢房门被打开的"吱呀"声，还有犯人被拖到院子里的声音。

他知道这犯人的最终结局。

三个月以前，在他们牢房的对面开始建造一所建筑。尽管他被建议要视而不见，听而不闻，但洛伦佐真的很难忘记所看到的一切。一辆辆的卡车通过大门，拉来一堆堆的建筑材料。没有人知道修什么。

他注意到，施工队是来自柏林的，由一位德国建筑师指挥，建筑师不断地踱着步，发号施令。一开始，乐手中没有人知道这是在建什么，工地是在他们所住地方的对面，根本看不清楚。洛伦佐原来猜测是在建一所新的监狱，用来拘留越来越多的被关押者。每周，都有许多的男人、女人还有小孩坐火车被运到这里，他们有时会聚集在空旷的院子里，连续几日暴露在外面，在寒冷的天气中瑟瑟发抖，等待着被运到北方。

是的，猜测它是新监狱是非常合理的。

后来，他又听到了那些被征去那幢没有窗户的建筑内搬运砖和灰浆的囚犯传出的谣言。他们在地下室看见了一个通道，这通道连接着一个大烟囱。不，这并不是一个新的监狱，他们告诉他。这是一个其他的什么东西。至于其功能只能猜测一下。

在四月一个寒冷的早上，洛伦佐第一次看见烟雾从烟囱中冒出来。

隔天，那些在建筑内干活儿并曾告诉洛伦佐所见之事的囚犯被带出了监狱，但从此再也没有回来。那天早晨，烟囱冒出的烟雾带着让人难以忽视的恶臭，闻起来有些像衣服与头发的焦味，萦绕在人们的喉咙与鼻内，并被吸入肺中。所有人都被迫吸进了死亡的气息。

"视而不见，听而不闻，闭而不言。只有这样你才能活下去。"洛伦佐对自己说。

每个人都对来自一号牢房的惨叫及对面建筑传来的刽子手的枪

声充耳不闻。但只有一种声音他们无法忽视——有一些被处决的囚犯事实上并未完全死去，只是被一些本该致命的子弹或打击弄晕过去了，他们会被活活地扔进火焰之中。士兵会发动他们卡车的引擎或刺激他们的狗让其吠叫，但这都不足以掩盖那些偶尔会出现的"烟雾怪物"所发出的尖叫。

为了淹没死亡的声音，圣安息日那小小的管弦乐队被要求在院子里演奏音乐。

因此在每个早晨，洛伦佐和他的合奏组就顺从地拿起他们的乐器与乐谱架，走到监狱外面。自从到达此地之后，他已经忘记在这里度过了多少星期了，但在上个月，他注意到绿色的藤条逐渐出现，开始攀爬上建筑。在几周之前，他又发现有美丽的白花在石头之间努力地绽放着。哪怕是在圣安息日，春天也已经到来了。他想象在装着带刺钢丝的墙壁之外，野花盛开着，他渴望着大地、野草、木头的气息。但在这里，只有卡车尾气、污水、烟囱散发出的臭气。

从黎明开始，墙外的枪声就一轮又一轮地响着。现在，第一辆卡车已经开到了建筑内，卸下了早上枪声的成果。

"用来烧火的木头越来越多了。"在卡车把货物卸下来的时候，那位意大利上校说，同时又一轮枪声在墙外响起，上校转向他的管弦乐队说，"好了，你们还在等什么？开始！"

他们没有选择演奏安静的小步舞曲或其他平和的小曲，因为演奏的曲子并不是为了娱乐，而是为了掩饰和转移注意力，因此他们需要一些大声的进行曲或舞曲，并用尽可能大的声音去演奏。在他们演奏的时候，意大利上校在院子里走动着，对他的乐手们说着大声一点，再大声一点！

"不仅仅是响亮，而是要极其响亮！鼓声和铜管声要更大一些！"

法国圆号发出响亮而刺耳的声音，鼓声如在打雷一般。四个弦乐手也在尽可能剧烈地拉着，直到他们的琴弓震颤，但依然不够响亮。也许这声音永远盖不住这幢有着大烟囱的建筑内所传出的恐怖声。

第一辆卡车离开后，第二辆又驶了进来，车辆超载得如此严重，以至于车轴都有些下沉了。在它穿过院子的时候，它上面的一个"货物"从敞开的帆布车顶滚落了下来，撞击着石头，发出令人厌恶的声音。

洛伦佐低头看地上脑袋凹陷的头颅，光溜溜的四肢，干瘦的躯体。

"用来烧火的木头越来越多了。"洛伦佐想起之前士兵所说的话。

法国圆号突然停了下来，但鼓声依旧，什洛莫的节奏并没有受瘦骨嶙峋的尸体的影响，勇敢的弦乐手们也一样没受影响，除了洛伦佐的琴弓开始颤抖，琴音变得走调，脚下的恐惧之物让他的手指变得麻木。

"演奏！"上校狠狠地拍了一下法国圆号手的后脑勺，"我命令你演奏！"

在几声调整的喇叭声后，卡洛再次加强了对呼吸的控制，然后，所有人再次演奏着，只是声音的响亮程度无法让上校满意。他前后走动着，再次重复地喊叫着："大声点，大声点，再大声点！"

洛伦佐更加用力地压着琴弦，尝试把注意力集中在乐谱架上，但地上的尸体正盯着他，一对绿色的眼睛。

两个士兵从卡车上跳下来，拿起了他们掉下的"货物"。其中一个士兵将一根抽完的烟扔在地上，又用皮靴踩了踩，弯腰抓起了死人的脚踝，他的搭档则抓住了手腕，两人一起把尸体扔回了车上，随意得就好像他们在扔的是一袋面粉。对于他们来说，死人的身体从车上掉落根本不值得他们去讨论。

为什么会变成这样？是因为每天都有这么多的卡车"隆隆"地开进来，日复一日地，每辆都装载着这么恐怖的"货物"吗？屠夫每日劈开、锯开无数的动物尸体，不会去想羊羔们可爱的样子，对于他们来说，眼前不过是一堆肉。就和士兵每日装卸尸体一样，对于他们来说，这些尸体不过是焚化炉新鲜的燃料。

尽管经历了这一切，小小的圣安息日管弦乐队依然在演奏着。尽管周围满是卡车的轰鸣声、狗叫声、远处传来的不连贯的枪声。尽管火炉内传来了惨叫声——最重要的就是这惨叫声，他们一直却演奏着，直到惨叫声消失，直到所有的卡车都空荡荡的回去，直到烟囱里冒出令人反胃的恶臭。

因为他们在演奏着，因此他们不需要一直听、思考或感觉，只要把注意力集中在音乐上，只关心音乐就行了。紧跟拍子！大家一起！但我们的拍子真的还一致吗？不要去管那个建筑内在发生着什么样的事，只要让眼睛注视着谱子就好，只要一直把琴弓放在琴弦上就好。

当这折磨人的一天结束的时候，当他们终于可以停止演奏的时候，他们看上去已经筋疲力尽，好像已经没有力气从椅子上站起来了。他们放下乐器，坐在那里，低垂着头，直到守卫去捅他们的脚。然后，他们无言地回到了牢房。他们的乐器已经帮他们把要说的话都说了，现在已经无话可说。

在夜幕降临之后，他们躺在了自己的床铺上，在半明半暗的光线中，他们才开始讨论音乐。不管他们的谈话主题会飘到哪儿去，最终总是会回到音乐上来。

"我们今天拍子根本没有一致。"埃米利奥说，"如果我们无法保持拍子一致，我们是什么样的乐手？"

"鼓声是定拍子的，你们只是没听我的鼓而已。"什洛莫说，"你们应该跟着我的节奏走。"

"我们怎么做得到？那法国圆号就好像在我们耳边爆炸一样。"

"所以你们拍子不一致是我的错喽？"卡洛说。

"我们什么都听不到，除了你那该死的号声。今天结束的时候我们都快聋了。"

"我是精确地按谱子上写的那样吹的。不要怪我，如果也有人在你们耳边高声命令'大声点，大声点，再大声点！'如果你们受不了，就往你们耳朵里塞点东西！"

夜间谈话就是这样的，一直都和音乐有关，从来不谈他们白天在院子里看到的和听到的。从来不会讨论卡车和上面的"货物"，也不会讨论烟囱中冒出来的恶臭的烟雾。也没有人说他们每天带着乐器和乐谱架到院子里演奏的真正原因。他们必须不去思考那些东西。不，应该是将这些想法完全屏蔽掉，转而去烦恼和生气拍子不一致的事，如为什么维托利奥总是抢拍子，为什么他们要一次又一次地演奏无聊的《蓝色多瑙河》？你可能会在各地交响乐大厅或爵士乐俱乐部里也听到同样的抱怨。虽然在舞台的两侧，死亡可能在等待着他们，但他们依然是乐手，就是这个身份在支撑着他们，让他们把自己的恐惧放在一边。

但在深夜的时候，当一切只剩下自己的思维时，恐惧之感就会偷偷缠上他。当一号牢房传来惨叫声时，这又怎么可能避免？他迅速地把手盖在了耳朵上，用毯子蒙住头，去想一些其他的东西，任何其他不相关的事。

"劳拉，等我。"他祈祷着。

洛伦佐一直想要回到劳拉的身边，对他来说，劳拉就是他在黑暗中的灯塔。突然，她那模糊的影像出现在他的脑海里，在他的幻想中，劳拉正坐在窗边，倚靠着大提琴，金色的阳光撒在她的头发上。她的琴弓在琴弦上滑动着，音符在空气中飘荡，光照下灰尘的微粒如星辰般环绕在她的周围。她在演奏一首华尔兹，身体随着节奏摇动着，而提琴就像爱人一样贴在她的乳房上。她所演奏的旋律是什么？他几乎能分辨出，但总感觉又不确定。是一首小调，优雅的小调，以一种令人心碎的方式逐渐推高的琶音。他努力想要听清，但听得断断续续，被惨叫声所打扰着。

他被惊醒，浑身颤抖着，梦境残余的景象就像爱人的臂弯一样环绕着他。他听见卡车在清晨发出的轰鸣声，还有人在院子里行进的脚步声。

又一个黎明到来了。

那首曲子，劳拉在他梦中演奏的华尔兹到底是什么曲子呢？突然，他强烈地想要在永远忘记它之前把它写下来。他伸手从床垫下拿出了铅笔与稿纸。牢房里光线昏暗，只能勉强让他看清在五线谱上所写的音符。他飞快地写着，想要在旋律消逝之前记下乐谱。这是首E小调华尔兹，然后通过琶音攀升到了G。在快速地写下六个小节之后，他终于松了口气。

是的，他所写下的是基础的旋律，然后根据这骨架构建出整首华尔兹的血肉——这只是曲子的一部分，梦中听到的原曲比这要长得多。

他越写越快，越写越快，铅笔仿佛在纸上飞行着。旋律的节奏被越写越快，音符的密度也越来越高，直到五线谱密密麻麻被铅笔笔迹所挤满。他将纸翻到空白的一面，音乐依然在他的耳边响着，一个音符接着一个音符，一个小节接着一个小节。他就像是发狂了一般在写着，以至于手臂都有些痉挛，脖子也有些疼痛。

　　他没有注意到阳光正透过铁窗照在房间内，也没有听到室友起床所发出的声音。他所听见的只有那首曲子，那首劳拉的曲子，令人悲伤又令人毛骨悚然。有四个小节写得并不完全正确，他擦掉了它们，一一修正着。现在，他只剩下两行空白的五线谱，要如何结束这首华尔兹呢？

　　他闭上双眼，再次在脑海中想象着劳拉，看见她的秀发在阳光的照耀下闪烁着光晕，看见她的琴弓在琴弦上盘旋着，然后突然地嵌入弦上发出了双音。先前狂乱的旋律变缓，变成了葬礼的挽歌。在曲子的最后，没有引人注目的华丽演奏，没有令人眼花缭乱的冲刺，而是只有三个终止的音符——趋缓的，令人悲伤的音符。最终，一切归于寂静。

　　他放下铅笔。

　　"洛伦佐？"卡洛说，"你在写什么？这是什么曲子？"

　　洛伦佐抬起头，看见其他的乐手正盯着他。

　　"这是一首华尔兹。"他说，"为死亡而舞的华尔兹。"

第十八章

离开了圣马尔科拥挤而吵闹的人群之后，弗朗西斯卡把我带到了一条安静的小街上，这种安静让我有些紧张。游客很少到卡斯泰洛这个偏远的角落来，弗朗西斯卡用钥匙开门的声音显得非常大，大到让人感觉有些不安。

　　我们进入了一间黑暗的公寓，站在黑影之中，我有些困惑，而她则在房内快速地移动着，关上了百叶窗，关上了任何能看到街景的地方。当所有的窗户都关上后，她才敢打开一盏小灯。我猜测这是她的住所，但当我环顾四周，我看到了褪色的锦缎、花边桌垫，还有镶褶边的灯罩，而这些并不是年轻女性常用的装饰物。

　　"这是我祖母的公寓。"弗朗西斯卡解释说，"她这周在米兰。我们要在这里等到塞尔瓦托来。"

"我们应该给警察打电话。"我把手伸进包里——在我惊慌地疾跑穿过多尔索杜罗区的时候我居然没有弄丢它。就在我要打电话的时候,她抓住了我的手腕。

"我们不能给警察打电话。"她平静地说。

"我的朋友被枪击了!我们当然必须要给警察打电话!"

"我们不能信任他们。"她拿走了我的电话,把我领到沙发边,"安斯德尔太太,请先坐下。"

我跌坐在有些破旧的坐垫上。突然,我止不住颤抖起来,不禁用双手抱住自己。现在我终于处于一个安全的地方,这才允许自己表现出崩溃的情绪,一种几乎要土崩瓦解的感觉。

"我不明白,我不明白为什么他想要我死。"

"我想我能解释。"弗朗西斯卡说。

"你?但你甚至根本不认识我丈夫!"

她皱着眉头疑惑地说:"你丈夫?"

"他派这男人找到了我,想杀了我。"眼泪从我的脸上滑落,"天哪,这不可能发生的。"

"不,不,不。这事儿跟你丈夫完全无关。"她抓住了我的肩膀,"听我说,请听我说。"

我抬头看见了一双如此热诚的眼睛,让我几乎感受到了其中射出的热量。

她坐在我的对面，好一会儿没有说话，考虑着要如何开口。她那头乌黑靓丽的头发，弯弯的眉毛，让她看起来就像是文艺复兴时期的肖像画———一个有秘密要分享的圣母像。

"昨天下午，在你把那首曲子给我之后，我就打了几个电话。"她说，"第一个，是打给我认识的一位记者的。他确认了皮托尼先生是在古董店被抢劫的时候遇害的。然后我又往罗马打了一通电话，是给一个在欧洲刑警组织工作的女士，该组织是欧盟的法律强制执行机构。就在几小时前，她给我回了电话，告诉了我一个令人非常不安的消息。她说尽管皮托尼先生表面上是在被抢劫的过程中遇害的，但这个抢劫案有些蹊跷。店内的珠宝与现金丝毫未动。只有一些放着老书和乐谱的书架被乱翻过，但没有人知道是否有什么东西被拿走了。然后，她告诉了我一个非常需要警惕的细节：皮托尼先生是被两颗子弹击中后脑勺而死的。"

我看着她说："这听起来像是谋杀。"

弗朗西斯卡肯定地点了点头："而想要杀你的人肯定也是同一伙人。"

她的话听起来极其肯定，就像是在说"这就是为什么天是蓝色的"。

我摇了摇头："不，不可能是这样的。为什么会有人想要我死？"

"这首华尔兹，他们知道你把它从商店里带走了，他们知道你正在追寻作曲者。这就是为什么皮托尼先生被谋杀的原因，他为了帮你找到作曲者去问了别人，问错了人，问了一些危险的问题。"

"Incendio"，一切又回到了这首曲子上来。

"你知道答案？"我轻声地问道，"这首曲子是从哪里来的？"

弗朗西斯卡深吸了一口气，仿佛她要告诉我一个很长又很难叙述的故事："我相信'Incendio'就是由洛伦佐·托德斯科所写的，他就出生并生活在达卡莱福尔诺街，直到被党卫军逮捕。他和他的家人，就是他的父母、妹妹还有哥哥，就在那两百四十六名被驱逐出威尼斯的犹太人之中。整个托德斯科家族中，只有马尔科幸存下来并回到了威尼斯。马尔科大约在十年前去世了，但我们有采访他的文字稿，就放在博物馆中。他描述了他们家族被捕的那个夜晚，他们被驱逐出城的过程，及他们坐着火车去了波兰那个死亡之营的事。他说，就是在的里雅斯特，当一些卫兵确定洛伦佐是一名乐手后，他的弟弟就被迫和他们分开了。"

"他们被分开来就是因为这个？"

"在圣安息日米厂集中营，有几位被挑选出来的乐手，而洛伦佐就是他们中的一人。圣安息日米厂集中营又称339战俘营。最初，它只是一个中转营，兼有拘留意大利人的用处。但随着越来越多的人通过的里雅斯特，这个系统就有些超负荷了，而圣安息日的作用也发生了改变。在1944年，德国人在那建造了一个高效的处理系统，用来处理那些被杀死的人。"

"处理系统。"我低声说，"你是说……"

"火葬场，它是由欧文·兰伯特亲自设计的，而这个兰伯特就是波兰那些毒气室的设计者。成千上万的政治犯、党派人士、犹太人在圣安息日被杀死。有些人是被折磨拷问至死，有些人是被枪杀，被毒气所杀，还有被棍棒重击头部所杀。"她顿了一下，又平静地补充说，"死掉可能还是幸运的。"

"你为什么这样说？"

"因为在行刑之后，接下来就是进火葬场。如果子弹、棍棒或毒气没有弄死你，那么就意味着你要被活生生地扔进火炉里。"弗朗西斯卡停了一下，沉默让她接下来的话更具冲击性，"活人被焚烧时，他的惨叫声可能会响彻整个营地。"

惊骇让我一下子说不出话，使我不想再听接下来的内容。我如冰雕一般坐着，看着弗朗西斯卡的眼睛。

"惨叫声实在太让人烦乱，哪怕是纳粹的司令官也无法忍受它。为了掩盖声音，还有执行死刑的射击声，他命令乐队在院子里演奏。他任命了一位意大利党卫军的军官，一位名叫科洛蒂的上校来负责这个事务。在许多方面，这是一个合乎逻辑的选择。科洛蒂认为他自己是一个有文化的人，非常喜欢交响乐，收集了许多不出名的音乐。他从犯人中找出了一些乐手组成了一支管弦乐队。这些人都是他亲自挑选的，然后指定了一些曲子让他们演奏。在这些曲子中，有一首华尔兹经常被演奏，而这首华尔兹就是由其中一名犯人乐手所谱写的。战争结束后，在审讯时，一位守卫描述说，这是一首非常美丽而令人印象深刻的曲子，但有一段恶魔般的结尾。这是科洛蒂最喜欢的曲子，他命令乐队一遍又一遍地演奏它。它也成了成千上万被处以死刑的囚犯最后听到的曲子。"

"'Incendio'，火。"

弗朗西斯卡点点头："火葬场的火。"

我再次浑身颤抖，感到如此的寒冷，以至于牙齿都在打战。弗朗西斯卡跑到了厨房，过了一会儿带回了一杯冒热气的茶。尽管我抿了一口，但依然无法驱赶走那种寒冷。现在我知道这首华尔兹是真的有问题，成千上万的灵魂在他们死前最后一刻听的都是这首曲子。

我花了很长的时间才鼓起勇气问下一个问题："你知道后来洛伦佐·托德斯科怎么样了吗？"

她点点头："在他们逃走之前，德国人把火葬场炸了。而他们留下了严谨的记录文件，因此我们知道了这些囚犯的名字和他们的最终命运。在1944年10月，洛伦佐·托德斯科和其他的乐手都被行刑了。他们的尸体也被扔进了火炉。"

我无言地坐着，低着头，为洛伦佐，为那些和他一起死去的人，为每个在战争中死去的冤魂而难过。我惋惜这首曲子从来没有被出版过，惋惜这首杰作从来没有被后人听过。他留给我们的一切只有这首华尔兹，一首讲述了他厄运的曲子。

"所以现在我们知道了这首'Incendio'的历史。"我无力地说。

"并不全是。现在还有一个急待解决的问题。这首曲子是怎么从圣安息日的死亡集中营跑到皮托尼先生的古董店里去的？"

我抬头看着她："这很重要吗？"

弗朗西斯卡前倾身体，眼中带着炽热的光："思考一下吧。我们知道它并不是来自那些乐手，他们全部死了。所以这东西可能是某位守卫或党卫军抢救出来的，这个人在被逮捕前就逃走了。"她歪着头看着我，等待着我把这些事联系起来。

"这原是乔瓦尼·卡波比安科的遗产中的东西。"

"是的！而'卡波比安科'这个名字像一个闪烁的红灯。我请我在欧洲刑警组织的朋友去调查这个已故的卡波比安科先生的背景。发现他大约于1946年到达卡斯佩里亚村，然后一直住在那里，大约十四年前，他在94岁时去世了。在那个镇里，没有人知道他是从哪里来的，他们都说他是一个与世隔绝的人。他和他的妻子有三个儿子，他的妻子在他去世前数年就去世了。当他去世的时候，房地产经纪人出售了他们家的大部分财产，包括大批的音乐书和精美的乐器。卡波比安科先生是一个狂热的交响乐爱好者。这之前，我们完全没有发现这个人的任何信息，直到1946年，他突然且非常神秘地出现。"

音乐收集者，交响乐爱好者，我看着弗朗西斯卡说："他以前是科洛蒂上校。"

"我确定这点。科洛蒂，就像其他的党卫军军官一样，在联军到达圣安息日之前就逃离了那里。当局曾搜索过他，但从来没有发现他，从来没有让他接受正义的审判。我想他变成了卡波比安科先生，过着平静的晚年，并把他的秘密带到了坟墓之中。"她的声音发紧，充满愤怒，"而他们会尽一切可能来保守这个秘密。"

"他现在死了，他的秘密还会对谁有影响呢？"

"哦，这些秘密材料对某些人影响重大，一些当权者。这也是为什么塞尔瓦托和我会在今晚来找你，我们想要给你警告。"她从自己的提包中拿出一张意大利报纸，展开放在咖啡桌上。在头版上是一个英俊的年约四十岁的男人，正对着仰慕他的人群挥手，"这是一位在意大利政坛快速升起的新星，人们预期他将会赢得下次的国会选举，许多人认为他会成为我们的下一位总理。他的家族为了实现这个目的努力了多年，现在把希望全部放在了他身上，他能为他们带来巨大的商业利益。他的名字就叫马西莫·卡波比安科。"她看着我震惊的脸说，"而这个人是一个战犯的孙子。"

"但他并没有犯任何战争罪啊，那是他祖父做的。"

"那他是否知道他祖父的过去？他的家族是否在过去这些年一直隐瞒着这些？这是一个真正的丑闻，卡波比安科家族，可能包括马西莫本人，对丑闻可能曝光会做出什么样的反应呢。"她直直地看着我，"皮托尼先生的谋杀案，可能就是为了使这个家族的秘密永远不会被揭露。"

这让我感觉自己对那老人的死负有责任。因为我的请求，皮托尼先生才会去询问卡波比安科家族，问他们的祖父是如何得到一首由威尼斯作曲者编写的华尔兹曲子。他们花了多长时间才发现L.托德斯科是一位曾被关在圣安息日米厂的犹太人？仅仅是这首曲子的存在就能证明卡波比安科先生曾在这同样的死亡集中营内待过吗？

"我相信这就是你们为什么会被袭击的原因。"弗朗西斯卡说，"不管怎样，卡波比安科家族现在知道你就在这里，就在威尼斯。"

"因为就是我自己告诉他们的。"我无力地说。

"什么？"

"我请旅馆的员工帮我给卡波比安科家打电话，询问这首曲子的事。我留下了自己的名字，还有联系方式。"

弗朗西斯卡不安地摇了摇头："那么，现在让你躲避他们的追击变得比任何时候都重要。"

"但你现在拥有着乐谱，最原始的乐谱。他们没有理由再来追杀我了啊。"

"是的，是这样。但你也是证人，你可以证明是你从皮托尼先生那里得到这份谱子的。安娜·玛丽亚的信则声明皮托尼先生是从卡波比安科那里得到这谱子的。你是把这张谱子和他们家族联系起来的证据链上最重要的一环。"她侧着身子,语气激烈,"我是一个犹太人,安斯德尔太太,塞尔瓦托也是。留在这座城市里的犹太人很少,但他们灵魂一直都在这里,一直在我们周围。而现在我们可以让其中一个灵魂安息,这灵魂的名字就叫洛伦佐·托德斯科。"

有人在敲门,猛然间,我惊慌失措。"我们该怎么办?"我轻声说。

"趴下,慢慢地。"弗朗西斯卡转身关掉了灯,使我们陷入了黑暗。我匍匐在地板上,感觉自己的心脏正在猛烈地撞击着地毯,而弗朗西斯卡则正在阴影中穿行。到了门口,她说了一句意大利语,一个男人回答了他。

她松了一口气,打开门让他进来。当灯光再次亮起时,我看见了塞尔瓦托,从他脸上紧张的表情看出,我并不是唯一一个感到恐惧的。他快速地对弗朗西斯卡说了些什么,然后后者又翻译给我听。

"他说有三个人在旅馆外遭到了枪击。"她对我说,"其中一个男人死了,但你的朋友在被送去医院时还活着。"

我想起了那两个不幸的刚好走出旅馆的男人,是他们打断了本来针对我的谋杀。我想起了格尔达,她可能还徘徊在生死边缘。

"我必须要给医院打个电话。"

再一次,她阻止了我:"这样不安全。"

"我需要知道我的朋友是否安好!"

"你需要躲起来。如果你发生了什么意外，如果你不能出庭作证对抗他们，我们的证据链就会断裂。这也是为什么塞尔瓦托提议我们要这样做。"

他把手伸到进门时就背着的背包里。我希望他能摸出一把枪，或一些能保护我们的东西。但他只是拿出了一个摄像机和一个三脚架，然后架在了我面前。

"我们必须要对你的声明进行录像。"弗朗西斯卡说，"如果你发生了什么意外，至少我们还会有……"她停了下来，意识到自己的话有多么的冷血。

我帮她说完了话："你至少会有我证词的录像。"

"请理解一下，对于某个权势滔天的家族，你是一个威胁。我们需要对各种意外做好预防措施。"

"是的，我理解。"我最终理解了，这也是一种回击的方式。过去很长一段时间，我无助地与一种未知的威胁战斗着。而现在，我知道了我的敌人是谁，而我有着能让他倒下的力量。这是只有我能完成的工作，这想法让我变得冷静而理智。我深吸了一口气，站了起来，直直地盯着摄像机，"我应该说些什么？"

"你为什么不从你的名字和地址开始呢？你是谁，你是怎么从皮托尼先生那里买到那乐谱的。告诉我们他的孙女给你写了什么，告诉我们一切。"

一切，我心想。我想了一下他们还不知道的事，比如，我的女儿是如何被这首曲子改变的，而我现在又是如何怕她，而精神科医师想要把我关进精神病院。还有我的丈夫，因为我认为"Incendio"有着邪恶的力量，所以他把我当成了神经病。不，这些东西我不会告诉他们，哪怕这些东西都是真的。"Incendio"上附着邪恶的力量，这力量侵入了我的家庭，偷走了我的女儿。而我唯一的反抗方式就是把它那恐怖的历史公之于众。

"我准备好了。"我对他们说。

塞尔瓦托按下了录像键，摄像机上亮起了一盏红灯，就像邪恶的眼睛在盯着我。

我用平稳而清晰的语气说着："我的名字是朱莉娅·安斯德尔，三十三岁，嫁给了罗伯·安斯德尔。我们住在美国马萨诸塞州布鲁克赖恩镇希思街4122号。在六月二十一日，我去了一家位于罗马的古董店，店老板是皮托尼先生。我从他那里购买了一份手写的乐谱，乐谱上曲子的名字叫'Incendio'，它的作曲者是L.托德斯科……"

摄像机的红灯闪烁起来，塞尔瓦托立即去找新的电池，而我则继续讲着。有关我搜索洛伦佐身份的事，有关我如何得知皮托尼先生死亡的事，有关……

第十九章

我听见自己吃力的呼吸声，嗅到内心恐惧的气息。我正在一条黑暗的小巷中奔跑着。我不记得发生了什么，也不知道我是怎么从公寓内跑出来的。我不知道弗朗西斯卡和塞尔瓦托怎么样了。我记得的最后一件事就是我坐在摄像机前，看着机器上闪烁着电池即将耗尽的红灯。

　　肯定发生了什么可怕的事，我左手边不知道什么人被袭击了，鲜血飞溅，我的头疼得厉害。然后，我在一个我不认识的街区里迷了路。

　　我还被跟踪了。

　　从前方的某个地方传来了巨大的音乐声，节奏原始而强劲。在那有音乐的地方，就应该有我可以藏身的人群。绕过一个角落，我看见一个人头攒动的夜总会，人们正围着鸡尾酒桌站在外面。但哪怕是在这里，我依然非常容易被发现。追捕我的人可以轻松地把子弹射进我的后背，然后在被人发现之前悄然离开。

我推挤着穿过欢闹的人群，因为撞翻了一个女人的酒杯，她愤怒地叫了起来。玻璃杯在鹅卵石地面摔得粉碎，但我依然没有停止奔跑。在穿过繁忙的广场之后，我停下来回头看了一眼。但眼前有太多的人，我无法确定我是否还在被追击。然后，我看见一个黑发男人大步流星地如机器人一般朝我走来，势不可挡。

我冲向了另外一个拐角，看见通往圣马尔科广场的标志，指着左边的方向。对于喜欢饮酒作乐的人来说，圣马尔科就是他们的中心，哪怕是在很晚的时候，你都可以在那里发现一大群人，这也是他们预期我会逃往的地方。

于是我转向了右边，躲在了一个门帘之后。从拐角处传来重重的脚步声，那个黑发男人朝着圣马尔科的方向追去，很快就消失了。

我偷偷地朝外面看了一眼，小巷中空无一人。

二十分钟后，我发现了一扇未锁的门。然后，我偷偷溜进了一个私家花园，里面弥漫着玫瑰花与百里香的芬芳。楼上窗户透出的光足以让我看清我那血迹斑斑的衬衣。我的左臂上布满了伤口。是因为飞溅的玻璃造成的吗？还是因为爆炸？我不知道。

我想要返回那间公寓，看看弗朗西斯卡或塞尔瓦托是否还活着，并取回我的手提包，但我知道返回那里并不安全。同时我也不敢回格尔达被枪击的旅馆。现在我没有皮箱，没有手提包，没有信用卡，也没有手机。我疯狂地摸索着我的口袋，想要找出些现金，但只找到了一些硬币和一张五十欧元的纸币。

这就够了。

我花了一个小时潜行穿过各种小巷，猛冲过几座桥梁，终于到达了威尼斯的桑塔露琪亚火车站。我不敢进入车站，因为卡波比安科家族的人显然会预测到我可能会来这里。于是我溜进了众多网络咖啡厅中的一家，用我宝贵的现金租了一台电脑，我可以使用一个小时。现在的时间已经过了午夜，但这地方依然挤满了不断敲击键盘的背包客。

我选了一台远离窗户的电脑，坐在电脑前，登录了我的电子邮箱账户，同时在欧洲刑警组织网站上搜索其联系方式。但我没有发现任何调查机构分支的电子邮件地址。因此，我直接给他们的媒体办公室留了言。

我的名字是朱莉娅·安斯德尔。我有一些关于斯特凡诺·皮托尼谋杀案的非常重要的信息，几周前，他在罗马被人枪杀了……

我将我记得的每一个有关"Incendio"、洛伦佐·托德斯科及卡波比安科家族的细节都写在了上面。我还告诉他们，我的朋友格尔达在我们住的旅馆外被枪击，还有弗朗西斯卡与塞尔瓦托可能已经死了的事。欧洲刑警组织是会把我当成阴谋论者而根本不予理会，还是会认识到我正处于危险之中，需要他们立即帮忙？

写完这封邮件，整整用了四十五分钟。我松了一口气，但整个人都已经筋疲力尽。除了按下发送键并希望能有一个最好的结局外，我什么也不能做。

我还将邮件同时抄送给了威尼斯犹太人博物馆，以及我的姑妈瓦珥和罗伯。如果我被人谋杀了，他们至少会知道原因。

邮件"嗖"的一声发了出去。

我的上机时间还剩下十五分钟，因此我打开了收件箱，发现有五封来自罗伯的邮件，最近的一封就发送于两小时前。

我担心你担心得要命。格尔达也没接电话，所以请让我知道你一切安好。一个电话，一条信息，什么都可以。不管我们曾有过什么问题，我保证我们能修复。我爱你，我永远不会放弃你。

我看着他的话，拼命地想要相信他。

上机时间倒计时开始在屏幕上闪烁着，我只剩三分钟的上网时间了。

我在电脑上敲下了以下文字。

我很害怕，我需要你。你还记得我告诉你我怀孕了的那天吗？我会去那里，同样的时间，同样的地点。不要告诉任何人。

我按下了发送键。

就在我的上机时间只剩下三十秒的时候，一封邮件突然进入我的收件箱——是来自罗伯的，只有四个字。

已在路上。

威尼斯这座城市实在是一个完美的藏身之地。数不清的狭窄街道四通八达，云集着来自世界各地的游客，人很容易淹没在人群中。随着黎明的到来，街上再次充满了生机。我走出掩护了我整个夜晚的拱道。我来到一个市场，买了点面包、水果，奶酪，还有一杯我极度渴望的咖啡。就这样，我仅有的五十欧元全花光了，现在我变得身无分文。我束手无策，只能苟延残喘，躲起来等待罗伯来找我。我知道他会来，哪怕仅仅因为他不喜欢"未解之谜"。

整个白天我都尽量远离人们的视线，避开火车站和码头，追捕我的人无疑会去搜索这些地方。幸而，我在远离卡纳雷吉欧区中心地带的一所不起眼的教堂内找到了一个庇护所。这座名为圣艾维瑟教堂的建筑外表非常朴实无华，但其内部却像宝石般璀璨，到处都是壁画和油画。

清凉、安静的教堂内，只有两个低头沉思的女人。我在一张椅子上坐了下来捱时间。我很想知道格尔达是否还活着，但又怕在医院被人认出。我也不敢去犹太人博物馆，弗朗西斯卡和我说过，哪怕警察都是不可信任的。我只能依靠自己。

那两个女人离开后，陆续又有几个信徒到来，他们祈祷并点亮了蜡烛，他们中没有一个人是游客——圣艾维瑟距离人们经常游览的地方太远了。

到了下午，我离开了庇护所，前往里亚尔托桥。午后的阳光是如此耀眼，当我步入其中，立刻感到了被灼伤的疼痛。人群也越来越密，炎热似乎在压迫着每一个人，使他们的动作变得迟缓，就好像在糖浆中行走。

四年以前那个下午也是如此炎热，那天，我将那个消息告诉了罗伯，告诉他我们有了一个孩子。那时，我们已经走了好几个小时，当在里亚尔托桥上走到一半的时候，我已筋疲力尽，不得不停下来喘口气。

"你病了吗？"

"不，不过我想我怀孕了。"

这是我最快乐的记忆之一，当时的每一个细节都深刻地印在我的脑海里。运河里散发着海水的味道，与他吻我时嘴唇的味道相似。这是我们两人独有的回忆，只有他知道我会在哪里等着他。

我加入了桥上游客的人流之中，很快就被淹没在其中。在走到一半的时候，我在一个小贩的手推车前停了下来，车上展示着一些用威尼斯玻璃制的饰品，我挑了一些项链和耳环看着。我逗留的时间有些长，这让摊主认为我有购买的可能，哪怕我不断地告诉他我只是看看。他的女助手也加入了我们的谈话，大声地给我折扣，她的声音是如此刺耳，以至引来了许多人的目光。

就在我想要"撤退"的时候，她的嗓门更高了——顾客想要溜走无疑让她很恼火。

"朱莉娅。"一个声音在我身后响起。

我转过身，看见了他——胡子拉碴，衣着凌乱。罗伯看上去已经几天没睡觉了，当他伸手抱着我的时候，我可以闻到他身上刺鼻的汗臭味，我也能感受到他的恐惧。

"没事了。"他轻声说，"我现在就带你回家，一切都会好起来的。"

"我不能现在就坐飞机回去，罗伯，这并不安全。"

"当然，是的。"

"你不知道发生了什么事，他们想要杀了我！"

"这就是为什么这些男人会来这里，他们会保护你的安全的，你只需要信任他们。"

他们？

然后我就发现了另外两个男人正在走来。我无处可逃，不可能逃脱。罗伯的手臂正紧紧地抱着我，让我无法挣脱。

"朱莉娅，亲爱的，我这样做是为了你。"他说，"为了我们。"

我努力挣扎，甚至用手抓他，打他，但这只是让他抱得更紧了，紧到我无法呼吸，让我认为他想杀了我。我眼前突的一闪，宛如一千颗正在爆炸的太阳一般，然后，一切归于虚无……

第二十章

透过模糊的视线，我只能看见一个女人的画像。她穿着一件松垂的蓝色礼服，抬头仰望，紧扣的双手伸向天堂。这是某位圣徒的画像，尽管我不知道她的名字。这幅挂在墙上的油画是我在这个房间内看见的唯一的色彩，墙壁是白色的，床单是白色的，百叶窗也是白色的。通过紧闭的门，我听见有人在用意大利语对话，以及手推车在走廊里发出的"嘎吱"声。

我不知道我是怎么来到这里的，但我确定我身在何处——一家医院。输液袋里正在滴下葡萄糖，通过静脉注射管进入我的左臂，注射管随着我的手臂晃动着。床边放着一个托盘，上面有一大罐水。在我的手腕上挂着一个塑料ID牌，写着我的名字和出生日期，没有说我是在哪种病房，但我猜测这应是某家意大利精神病院。

在这里，我甚至无法和我的医生交流。我想知道是否有引渡精神病人的协议，就像引渡犯人一样。意大利是否会把我送回家？或者我会永远地被留在这里，看着这幅身着蓝色礼服的圣徒画像。

我听见走廊传来了脚步声，看见门被打开，罗伯进来了。但他并不是我所关注的人，我的目光锁定在他旁边的女人身上。

"你感觉怎么样？"她问。

我困惑地摇了摇头，说："你在这里，你还活着？"

弗朗西斯卡点点头："塞尔瓦托和我都非常担心你！在你逃离公寓之后，我们找了每一个地方，整夜都在找。"

"我跑了？但我……"

"你不记得了吗？"

我的脑壳"嗡嗡"作响，我按着太阳穴挣扎着回想昨夜的记忆。记忆的图像飞快地在我脑海里闪过，先是黑暗的小巷，然后是一个花园的门，接着我又想了我沾血的衬衣，低头看去，我发现手臂上正缠着绷带："我发生了什么事？是不是有场爆炸？"

她摇了摇头："没有爆炸。"

罗伯坐在我的床边，拉着我的手说："朱莉娅，有些东西需要你看下。这能解释你手臂上的伤。它会解释在过去几周内发生在你身上的一切。"他看着弗朗西斯卡说，"让她看视频吧。"

"什么视频？"我问。

"就是我们昨晚录的视频，在我祖母的公寓里。"弗朗西斯卡从电脑包中拿出一个笔记本电脑，并把屏幕转向了我，播放了视频。

我看见了自己的脸，听见了自己的声音：

我的名字是朱莉娅·安斯德尔，三十三岁，嫁给了罗伯·安斯德尔。我们住在美国马萨诸塞州布鲁克赖恩镇希思街4122号……

屏幕上的我看上去非常紧张，头发凌乱，一直不停地看着摄像机后的两个人。但在说明与"Incendio"相关的故事时，我说得非常清晰。包括我是怎么从皮托尼先生那买到乐谱的，我是怎么来到威尼斯来搜寻答案的，还有我和格尔达是怎么在旅馆外被袭击的。

"我发誓，我所说的一切都是真实的。如果我发生了什么意外，那么你们至少会知道……"

我的脸突然变得惨白，然后是一段时间的沉默。

录像中，一旁的弗朗西斯卡说："朱莉娅，怎么了？"她出现在视频中，拍了拍我的肩膀，然后轻轻地摇了摇我。我没有回应，她皱着眉头，然后用意大利语和塞尔瓦托说了些什么。

在我像机器人一样站起来走出镜头范围的时候，摄像机依然在录像。然后是一些巨响声，是玻璃破碎的声音。接着，只听弗朗西斯卡惊恐地大叫道："你要去哪里？回来！"

弗朗西斯卡暂停了视频。现在，我在屏幕上只能看到一张空空的椅子——我之前还坐在那上面的椅子。

"你打破了窗户，从我们身边跑开了。"她说，"我们叫博物馆的同事帮着找你，但根本找不到。所以我们就用了你的手机——就是你手提包里的那个手机，给你的丈夫打了个电话。结果发现他已经在波士顿飞机场，等待着来威尼斯的航班。"

"我不明白。"我小声说，盯着笔记本电脑的屏幕，"我为什么会那样做？我怎么了？"

"亲爱的，我想我们知道原因。"罗伯说，"就在几小时前你被送进医院的时候，你还是没知觉的，那时你正处于精神非常紧张的状态。医生对你做了紧急大脑扫描，然后他们就知道了你的问题所在。他们确信那是良性的，他们能帮你移除它，但这需要手术。"

"手术？为什么？"

他抓着我的手平静地说："在你脑中有个肿瘤压迫着你的颞叶。它就是你头疼、记忆错乱的原因。它可以用来解释过去几周中所发生的一切。你还记得莉莉的神经科医师告诉我们的颞叶癫痫吗？他说过这种病可能会引发一些复杂的行为。人们能走，能说，甚至能在发病的时候开车。是你杀死了朱尼珀，也是你用破碎的玻璃刺伤了自己，只是你不记得发生了什么事。当你清醒之后，你认为是莉莉在重复着'伤害妈妈、伤害妈妈'的话，但事实上并不是她说的。

她被你吓到了，想要安慰你。"

我的喉咙像被堵住了一般，因为释然而哭泣。我的女儿爱着我，我的女儿一直都爱着我。

"你所经历的一切都可以用癫痫来解释，由肿瘤引起的癫痫。"

"但并不是一切。"弗朗西斯卡说，"'Incendio'从何而来依然是一件非常重要的事。"

我摇了摇头："哦，上帝，我现在很困惑，不知道什么是真的，什么是想象出来的。"

"那个想要杀你的男人并不是你想象出来的，那个男人确实向你的朋友开了枪。"

我看着罗伯："格尔达……"

"她很好，她成功接受了手术，现在正在恢复。"他说。

"所以这部分是真的了？枪击的那部分？"

"就像你门外站着保镖一样真实。"弗朗西斯卡说，"欧洲刑警组织正在调查，如果我们所怀疑的卡波比安科家族的事是真的话……"她笑了一下，"你就等于扳倒了下一届总理，恭喜，我那些博物馆的同事都认为你是一个英雄。"

我几乎想都没想要庆祝这个胜利，因为我在想着我那个亲密无间的敌人——那个肿瘤，它正在我的脑中逐渐长大。这个敌人严重扭曲了我的现实，使我害怕我最爱的人。我回想起自己此前会经常按摩疼痛的太阳穴，想要缓和脑中正在长大、膨胀的东西。到目前为止，它已经打败了我。

但从此以后我不再是孤军奋战，罗伯站在了我身边。他一直都站在我身边，哪怕是我不知道的时候。

弗朗西斯卡收拾起了她的笔记本电脑："接下来，我有一些必须要做的工作。准备声明，对文件进行归档。我们要对档案馆进行彻底的搜索，找出一切有关托德斯科家的东西。"她笑着对我说，"而你，也有一个工作需要去完成。"

"我？"

"你需要养好身体，安斯德尔太太，你是我们的指望。是你让我们走上这条路，你必须要把'Incendio'的故事公之于众。"

第二十一章

八年之后

在达卡莱福尔诺街的11号的门外，一个新的牌匾已经被安上，这是洛伦佐和他家人曾经生活过的地方。牌匾上用意大利文写着简单的题词："这里曾住着一位作曲家兼小提琴手，洛伦佐·托德斯科，1944年10月，他在圣安息日米厂的死亡集中营中被害。"

题词中没有提到"Incendio"，也没有提到洛伦佐的家人和其在圣安息日最后几个月的遭遇，事实上，也不需要被提及。今晚，一些有关其生活的文件将在此被第一次公之于众，很快，威尼斯的人们将知道他的故事。

他们也会知道我的故事，因为就是我发现了"Incendio"。在今晚的电影首映式上，我和我的四重奏乐队将会为观众演奏这首曲子。

尽管洛伦佐的躯体很久以前就在圣安息日的火葬场内燃成了灰烬，但他的曲子依然有着强大的力量，足以改变生活的力量。

就是这首曲子，扳倒了原本可能会成为这个国家总理的人，也是它让我知道我的脑中长出了肿瘤。就在今晚，许多来自世界各地的人齐聚于威尼斯东方大学的礼堂内，一起观看电影，一起欣赏华尔兹。

透过紧闭的幕布，我可以听见观众们熙攘的讲话声，但在后台的我异常冷静。今晚的礼堂座无虚席，格尔达是如此兴奋，不停地用她的手指轻敲着大提琴琴背。我们另一个提琴演奏家站在我后面，她穿着黑色的塔夫绸裙子，显得有些紧张。

随着幕布慢慢地升起，我们也走上了舞台，坐在了我们各自的位置上。

在目眩的舞台灯光下，我无法看清观众，但我知道罗伯和莉莉还有瓦珥正坐在观众席中间部分的第三行，看着我举起了琴弓。我已经不再害怕这首曲子，虽然它曾在我的脑海中激起过雷电交加的风暴。

是的，它有一段令人印象深刻的历史——死亡一直缠绕着它，但它并没有带着诅咒，也没有带着不幸。最后，它只是一首华尔兹，是洛伦佐曾演奏过的一支曲子的经久不息的回音，它是如此的美妙。

我想知道洛伦佐是否能听到我们的演奏。从我们琴弦上飞扬的音符，是否能穿越时空的维度，达到他现在居住的地方？如果他能听到的话，他就会知道自己并没有被遗忘。这就是我们所希望的结局，我们希望他永远不被忘记。

我们演奏到了最后一小节，最后的音符是属于格尔达的，它高亢而悦耳，令人心碎，就像天堂里盛开的吻。听众们被震惊了，即使是曲子结束了也依然保持着安静，就好像没有人想要打破这圣洁的时刻。

当掌声响起，如雷霆般响亮。你听到掌声了吗？洛伦佐。虽然它迟来了七十年，但一切都是为了你。

后来，在休息室里，我们兴高采烈地从冰桶里拿出了一瓶冰镇的普罗塞克（一种全球知名的意大利葡萄酒）。格尔达打开了软木塞，然后我们在如音乐般的酒杯"叮当"碰撞声中为我们成功的演奏而庆祝。

"这是我们最棒的演奏！"格尔达说，"下一场，伦敦首秀！"

碰杯的"叮当"声，庆贺的欢笑声，此起彼伏。在这个向洛伦佐·托德斯科致敬的夜晚，如此轻松愉悦的氛围似乎有些不合时宜，但这仅仅是庆祝的开始。在我们收拾乐器的时候，电影制片团队已经在外面的院子中安排好了晚宴，准备在星空之下欢舞。格尔达和其他人都热切地想要参加这次庆典，她们快速地走出休息室，沿着走廊朝礼堂出口走去。

正当我打算跟着她们出去的时候，一个声音在背后叫住了我："你是安斯德尔太太吗？"

转过身，我看见一个年约六十岁的女人，黑色的头发里夹杂着白发，她的眼睛也是黑色的，看上去神情严肃。

"我是朱莉娅·安斯德尔，有什么能帮你的吗？"我回答说。

"我读了昨天报纸上关于你的采访。"这女人说，"那篇有关'Incendio'和托德斯科家族的文章。"

"所以？"

"在这篇文章里，有一部分故事没有被提到。托德斯科家族的人都死了，所以你也应该没办法知道。但我想你会有兴趣知道的。"

我皱起了眉头："是有关洛伦佐的事吗？"

"有点关系。但事实上它是关于一个名叫劳拉·巴尔博尼的年轻女人的事，一些发生在她身上的事。"

来访者名叫克莱门蒂娜，她出生于威尼斯，现在在当地的高中教英语，所以她的英语才这么流利。格尔达和其他人已经离开礼堂加入了派对，所以休息室里现在只剩下我和克莱门蒂娜，坐在凹凸不平地放着褪色垫衬物的沙发上。

克莱门蒂娜告诉我，她是从已故姑妈那得知这个故事的，她的姑妈原是巴尔博尼教授的女管家。巴尔博尼教授是著名的音乐理论家，曾在威尼斯东方大学任教。这位教授是个鳏夫，有一个名叫劳拉的女儿。

"我的姑妈艾达告诉我这个女孩儿非常漂亮，非常有天赋，非常勇敢。"克莱门蒂娜说，"她是如此无畏，在她还是个非常小的小孩儿时，她曾为了看火炉上水壶里的泡泡而爬到了椅子上。结果水壶倒了，她的手臂被严重烫伤了，并留下了可怖的伤疤。但她从来不隐藏她的伤疤，她有勇气将其展示给所有人看。"

"你说你的故事和洛伦佐有关。"我提醒她说。

"是的，这就是我们故事的相关之处。"克莱门蒂娜说，"劳拉和洛伦佐，他们坠入了爱河。"

我身体不禁前倾，为这新披露的故事而感到兴奋。到目前为止，我的注意力都放在洛伦佐悲剧的结局上。而现在这故事细节与其死亡无关，而是有关其生活的，"我对劳拉·巴尔博尼一无所知，她和洛伦佐是怎么认识的？"

克莱门蒂娜笑着说："是因为音乐，安斯德尔太太，一切都始于音乐。"

这首小提琴和大提琴的二重奏，完美和谐，水乳交融，她解释说。每周三，劳拉和洛伦佐都会在劳拉多尔索杜罗区的家中见面，练习这首二重奏，他们准备参加威尼斯东方大学一场极负盛名的比赛。

我可以想象出那场景，黑眼睛的洛伦佐和金发的劳拉，两人共处一室，日复一日地练习，努力掌握他们的作品。不知道在练习了多久之后，他们才从乐谱架上抬起头，凝望着对方，眼中只有彼此。

他们是否意识到，就在他们坠入爱河的时候，周围的世界正在分崩离析？

"在党卫军接管威尼斯时，劳拉曾设法救他。"克莱门蒂娜告诉我，"她和她的父亲冒着巨大的风险，做了一切能做的事来帮助托德斯科家。而巴尔博尼家的人都是天主教徒，但这又有什么关系呢？毫无疑问，对劳拉来说这并不是问题，她爱他。但在最后，她做什么都拯救不了洛伦佐和他的家族。当他们被驱逐的时候，她也在场。她看着他们走向火车站，而这也是她最后一次见到他。"

"她后来怎么样了？"

"我的姑妈说，这个可怜的女孩儿从来没有放弃洛伦佐回来的希望。她一次又一次地读着他从火车上寄出的信。他在信中说，他的家人一切安好，还说他确定劳工营的情况也不会太糟糕。他向她保证会回来找她，如果她还一直等着他的话。她等了很久，但杳无音信。"

"所以她不知道他的遭遇，对吗？"

"她怎么可能知道？这封从火车上寄出的信足以给她希望，因为她相信他不过是被关在了一个糟糕的劳工营里。这也是为什么这些被送到国外的人被鼓励向他们的朋友写信报平安。这样就没有人质疑火车将带他们前往何处。没有人会猜到他们被送到了波兰……"

克莱门蒂娜说话的声音越来越低。

"难道劳拉不知道在他身上发生了什么事情吗？"

"不。"

"那她还等？在战争结束后，她是否找过他？"

克莱门蒂娜难过地摇了摇头。

我重重地跌坐在沙发，有些失望。我还期望这是一个有关爱和忠贞的故事，哪怕是战争将他们生生分离，两个小情人依然坚定不已。但劳拉·巴尔博尼并没有遵守等待洛伦佐的诺言。终究，这并不是我想听的不朽的爱情故事。

"好吧，你说过她非常漂亮。"我说，"我敢肯定，一定会有其他男人陪在她身边。"

"没有其他男人。"

"所以，她一直都没有结婚？"

这个女人看着我，但她的眼神没有聚焦，就好像我根本不在房间，她在和某个我看不到的人谈话。

"1944年5月，那是在托德斯科被驱逐了五个月之后。"她轻声说，"整个欧洲都处于战火之中，到处都是死亡与灾难。那是一个美丽的春天，尽管尸横遍野，鲜花仍会如期绽放。"

"我的姑妈艾达说，一天深夜，有一家人出现在了巴尔博尼教授家门前。这是一对夫妇和他们的两个儿子，他们都是犹太人，已经在邻居家的阁楼里躲了几个月了，但党卫军发现了他们，因此他们急切地想要逃到瑞士去。他们听说教授非常有同情心，因此希望能在教授家躲一晚上。我的姑妈艾达警告教授说这非常危险，党卫军已经知道了他的政治倾向，因此在晚上可能会袭击他家。她知道这会给他们带来灾难。"

"那他听你姑妈的话了吗？"

"没有。因为劳拉，勇敢而任性的劳拉不让这家人离开。她说，如果洛伦佐在这个危机的时刻站在某个陌生人的家门口乞求庇护，又会怎么样？她无法忍受他被赶走的想法。她说服了她父亲留下了这家人。"

恐惧让我的双手冰冷。

"第二天早上，我的姑妈艾达去了市场。"克莱门蒂娜继续说，"当她回来的时候，她发现党卫军袭击了这所房子，踹开了大门，毁坏了家具。而隐藏了犹太人的巴尔博尼父女则被捕了。然后他们两人……"她停了下来，好像没有心情再讲下去。

"他们怎么了？"

克莱门蒂娜深吸了一口气："巴尔博尼教授和他的女儿被拖出房子，然后被强迫跪在运河边的街上，警示人们，隐藏犹太人会有什么样的后果。他们当场就被行刑了。"

我无法说话，甚至无法呼吸。我低下了头，抹去了眼泪，为一个我从来没有见过的年轻女人而流下的眼泪。在春天的时候，劳拉·巴尔博尼已经死了，而洛伦佐还活着，一直活到了秋天才离去，而他所爱的女孩儿已经在几个月前就已经离世了。

尽管他无法得知她的死讯，但他是否能感觉到她的逝去？在她灵魂离去的时候，他是否在梦中听到了她的声音，感受到了她在他耳边耳语时所呼出的气息？当他在去被执行死刑的路上，他是否会因为自己在朝劳拉靠近而感到安慰？她承诺过等待他，就在那个地方，在奈何桥的另外一边等待着他。

这是我想要相信的。

"现在你知道剩下的故事了。"克莱门蒂娜说道，"劳拉的故事。"

"但之前我对她一无所知。"我深吸了一口气，"谢谢你，如果不是你告诉我，我可能永远不知道她的名字。"

"我告诉你这些，是因为我认为仅仅记住受害者是不够的，我们还要记住那些英雄。你难道不这样认为吗，安斯德尔太太？"她站了起来，"能和你见面感觉真好。"

"妈妈，你在这里啊！"我十一岁的女儿跑进了休息室。莉莉的发辫都有些散了，不受拘束的金发飞舞着，"爸爸在到处找你，你为什么不来外面和我们待在一起？院子里的派对已经开始了，大家都在跳舞。你应该听听格尔达的演奏，听起来有点像疯狂的犹太曲子！"

我站了起来："我马上来，亲爱的。"

"这是你女儿吧。"克莱门蒂娜说。

"她的名字叫莉莉。"

她们礼节性地握了握手，克莱门蒂娜问她说："你是不是和你母亲一样，也是一名乐手？"

莉莉满脸笑容地说："我想要成为乐手。"

"她已经是了。"我自豪地说，"莉莉的耳朵比我的更好，而她现在才十一岁。你应该听听她的演奏。"

"你是拉小提琴的吗？"

"不。"莉莉说，"我拉大提琴。"

"大提琴。"克莱门蒂娜轻声重复着，看着我的女儿。尽管她的嘴角上扬，但其眼里流露出了悲伤，就好像在看她以前认识的某个人的照片，一个已经在地球上消失了的人，"我很高兴见到你，莉莉。"她说，"希望有一天我能听到你的演奏。"

我的女儿和我离开了礼堂来到了外面，这是个醉人的夏夜。莉莉在我身旁舞蹈着，像个穿着凉鞋和华丽衣裳的金发精灵在鹅卵石路上轻快地跳跃着。

我们穿过院子，从一群欢闹的意大利学生中挤过，经过一个石雕喷泉，伴随着飞溅的水花，流淌出甜美的旋律。

天空中，鸽子在自由地翱翔，像薄暮中的天使，玫瑰的芬芳和海水的味道沁人心脾。

在前边某个地方，一把小提琴正在演奏犹太人的曲子，是一首欢快的曲子，有些喧哗，让我想要跳舞，想要鼓掌。

想要活着……

"你听到了吗，妈妈？"莉莉拉着我朝前走去，"快来，你快错过派对了！"

在欢笑声中，我拉着女儿的手，两人一起，加入了音乐之中……